心霊特捜

今野敏

双葉文庫

目次

心霊特捜

死霊のエレベーター

1

岩切大悟《いわきりだいご》が現場にやってきたときには、すでに黄色いビニールのテープが張られており、所轄署《しょかつしょ》の地域係がその前で、野次馬とマスコミをなんとか遠ざけようとしていた。

現場は大きなマンションで、オートロックの玄関は、大きなガラス張りになっており、中の様子を隠すため、ブルーシートが張られていた。

地域係の警官に手帳を開いて身分証とバッジを見せると、大悟よりはるかに年上の警官は、それを一瞥《いちべつ》して言った。

「本部か？　やけに早いな」

若い大悟はいつも周囲から軽く見られているように感じている。この警官の態度もそうだった。

テープの中に大悟を通してくれた地域係員は、おそらく大悟のことを捜査一課から来たと思っているに違いない。だが、そうではなかった。大悟は、神奈川県警刑事部の刑事総務課の所属だった。

刑事部全体の庶務《しょむ》や連絡業務を一手に引き受けている。いわば刑事部の何でも屋だ。とにかく書類が集まる部署で、課員はいつも山のような書類にアップアップしている。大悟も例外ではない。

すでに機動捜査隊と鑑識《かんしき》が現場で仕事をしていた。鑑識は、ありとあらゆるものに印と番号をつけて写真に収めている。指紋や足跡を検出しようと作業している鑑識係員もいた。機動捜査隊は受令機のイヤホンを耳にマンションの住民らしい人々に話を聞いている。大悟と前後して、所轄の刑事たちも駆けつけてきた。刑事たちはまず機動捜査隊に話を聞きに行った。誰もがやるべきことを心得ているように見える。

大悟は取り残されたように、現場の隅で佇《たたず》んでいた。実際、刑事総務課の大悟にできることはなかった。周囲の捜査員たちの会話の内容を総合すると、現場はこのマンションのエレベーターらしい。

ここの住人の一人がエレベーターの中で死んでいたというのだ。大悟は、そちらのほうをそっと覗《のぞ》き込んだ。

駆けつけたばかりの所轄署の刑事たちの陰になって、遺体は見えなかった。よかったと思った。

大悟はおそろしく恐がりなのだ。なんで警察官なんかになってしまったのだろうと、いつも後悔している。しかも、刑事部に配属されてしまった。

刑事総務課に回されたときは、本当にほっとした。これで、現場に出なくていいと思っていたのだが……。

背後から肩を叩かれて、大悟は飛び上がった。

「何をそんなにびくついている」

現場にそぐわないのんびりとした声が聞こえた。

「あ、番匠《ばんしょう》さん……」

眠そうな目をしている。深夜だから、眠そうでも不思議はないが、番匠の場合、いつ会っても眠そうな顔をしている。

本人曰《いわ》く、眠っていないときはいつも眠いのだそうだ。おそらく、この人の脳波はアルファー波しか出ていないのではないかと思うことがある。

髪がちょっと乱れているが、本人は精一杯整えてきたつもりに違いない。まるで、寝ているときも着ているのではないかと思うほど背広と一体化している。つまり、背広がよれよれなのだ。ベテランのサラリーマンでもこれほどは着こなせないだろうと、大悟はいつも思う。

番匠京介《きょうすけ》は四十歳の警部で、R特捜班《とくそうはん》と呼ばれる県警本部の特捜班の係長だ。

「ほかのメンバーはまだか？」

番匠が大悟に尋ねた。

「まだのようです」

「ホトケさんは拝んだか?」

大悟はびっくりした。

「僕の役目じゃないですよ。僕は刑事とR特捜班のただの連絡役ですからね」

「それでも現場は見ておくもんだ」

番匠がエレベーターのほうを見た。「現場はあそこか?」

「らしいです」

「ちょっと見てくる」

捜査一課でもないのに、わざわざ見ることないだろう。

そう思いながら番匠の後ろ姿を見ていると、また後ろから声をかけられた。

「なに、つっ立ってんだよ、こんなところで」

振り向くと、鹿毛《かげ》睦丸《むつまる》が立っていた。

「いや、捜査の邪魔しちゃいけないと思って……」

「あほか、おまえだって、刑事だろう」

「総務課ですよ」

「総務課だって刑事は刑事だ。ボスは？」

「番匠班長だったら、あっちです。遺体のところです」

鹿毛はそちらを見た。その目つきが気になる。何か見えないものを見ているようだ。

鹿毛は三十二歳の巡査で、やはりR特捜班のメンバーだ。短い髪を整髪料でつんつんと針のように立てていて、パンクな感じがする。着ているものも、あちこちに大きな鋲《びょう》を打ち込んだ黒革のジャンパーに、細身のジーパンだ。

「あの……」

大悟はおそるおそる尋ねた。「あのエレベーターって、例のやつでしょう？」

「あ……？」

鹿毛は大悟を一瞥した。「そうだよ。だから、こんな時間に俺たちが呼ばれたんじゃねえか」

「はあ……」

「俺もちょっと見てくるよ」

鹿毛もエレベーターのほうに向かった。

そこに、R特捜班三人目のメンバーがやってきた。主任の数馬史郎《かずましろう》だ。

数馬は、三十五歳の巡査部長。長めの髪をオールバックにしている。いちおうスーツを着ているが、ネクタイはしていない。鹿毛にしろ、数馬にしろ、とても刑事には見えない。

「例のエレベーターで、変死体だって?」

数馬が大悟に言った。

「そうです」

大悟は言った。「だから、早く祓《はら》ってくれればよかったんです」

「人が死んだことと、関係ないだろう」

「あるかもしれません」

数馬は真剣な眼差《まなざ》しで、大悟を見た。

「そういうことは、俺たちが判断する」

大悟は、たじろいだ。

「あ、はい。わかっています」

数馬という男は妙な迫力がある。どちらかというと細身で華奢《きやしや》な体つきをしているのだが、眼光が鋭く、つい気圧《けお》されてしまうのだ。

「あら、みんな早いのね」

R特捜班四人目のメンバーが到着した。比謝里美《ひじやさとみ》だ。二十八歳で階級は巡査。長く、黒々とした髪と、大きくよく光る目が特徴だ。その名前からわかるとおり、彼女は沖縄の出身だ。

数馬が里美に言った。

「みんなが早いんじゃない。おまえが遅いんだ」

「あら、そう」

大悟は里美を弁護した。

「数馬さんたちだって、今来たばかりじゃないですか」

「普段の生活態度のことを言っているんだ。おまえの沖縄時間、なんとかならんのか？」

「えー、あたし、島に帰るとすっかりナイチャーだって言われるよ」

「待ち合わせで、三十分以内なら遅れたことにならないなんて、どういうことだ」

「だからぁ、最近はそんなことないって……」

「あの……」

大悟は二人の間に割って入った。「番匠さんと鹿毛さんが、もう現場のほうに行っていますが……」

「ふん」

数馬が言った。「鹿毛なんぞに遅れを取るわけにはいかんな」

二人は並んでエレベーターのほうに向かった。ふと、数馬が立ち止まって大悟に言った。

「あんた、来ないのか？」

「いえ、僕はいいです」

「現場、見ておいたほうがいいんじゃないのか？」

見たくなかった。

「その必要ありますかね？」

「あるんじゃないのか？　あんただって、刑事だろう」

大悟は溜め息をついた。もう逃げてはいられない。仕方なく、大悟はエレベーターに近づいた。

所轄の刑事たちが遺体を見終わったところだった。大悟が近づくと、R特捜班の班長、番匠が検分をしていた。

「出血は見当たらないな。殴打の跡も見当たらない……」

所轄の刑事の一人が言った。「病死じゃないのか」

大悟は、遺体の顔を見てしまった。色を失った不気味な顔。狭いエレベーターの中で仰《あお》向《む》けに倒れたので、首が壁に寄りかかって起き上がっている。

手足はほぼ大の字だ。手の指が鉤《かぎ》のように曲がっているのは、死ぬ前に苦しんだことを物語っているようだ。

見たところ、年齢は六十代の前半から半ばくらい。かなり太っている。体型から見ると、心臓に負担がかかっていてもおかしくはない。所轄の刑事が言った病死説に、納得できないこともない。

ふと見ると、鹿毛はやはり遺体ではなくあらぬ場所を見ている。

大悟は嫌な気分だった。

気づくと、数馬も里美も同じところを見ていた。そこは天井に近いエレベーターの壁だ。

ますます嫌な気分になった。

番匠が検分を終えて立ち上がると、所轄の刑事が声をかけた。

「港北署強行犯係、班長の繁田《しげた》です」

班長というのは係長のことだ。体格がいい。おそらくそうとう柔道で鍛《きた》えているに違いないと、大悟は思った。髪を短く刈っているので、よけいに体育会的な雰囲気を感じる。

番匠がこたえた。

「県警刑事部の番匠です」

繁田係長がちょっと驚いた顔になった。

「県警の捜査一課ですか？　来るのが早すぎやしませんか？　これ、病死かもしれないでしょう？」

「いや、私ら捜査一課じゃありません。刑事総務課ですよ」

繁田係長は怪訝《けげん》そうな顔をした。

「総務がなんで……」

すると、港北署の別の刑事が繁田係長の背中をつつき、背後から耳打ちした。

繁田係長は、ぽかんとした顔で番匠を見た。

「R特捜班……？　あの鎌倉署にいる？」

「そうです」

捜査員の間でひそひそという囁《ささや》きが広がった。

繁田係長の表情が曇った。

「なんでまた、R特捜班が……」

「それについては、刑事総務課刑事企画第一係の岩切大悟が説明します」

いきなり話を振られて、大悟は慌てた。

「あの……、実はこのエレベーターはちょっと事情がありまして……」

繁田係長の顔色が悪くなった。

「R特捜班が言う事情というのは、アレのことか？」

大悟はうなずいた。

「そうです」

捜査員たちの何人かは一歩後ずさった。後退しなかった者たちも、明らかに腰が引けていた。

繁田係長は、大悟をしげしげと見て言った。

「あんた、若いくせに、本部の刑事総務にいるのか？　キャリアじゃないだろうな」

「まさか……」

大悟はこたえた。「自分はただの巡査です。捜査課とR特捜班の連絡係を仰せつかっているわけで……」

繁田係長は、ほっとしたようながっかりしたような複雑な表情をした。

「それで、あのエレベーターが訳ありというのは……？」

「ええ……。実は、以前から出るという噂《うわさ》があったらしく、住民から通報が何度かあったので……」

「通報って……。まず、うちの署に通報するはずだろう」

「地域課の人は知っていると思いますよ」

「それで……」

繁田係長は、強面《こわもて》の外見に似合わず不安げな表情になった。「まさか、本当に出るんじゃないだろうな」

「まあ、たいていの場合、正体は枯れ尾花といったところですけどね……」

「この死人も、関係あるんじゃないだろうな」

繁田係長が言うと、番匠が相変わらずののんびりした口調で言った。

「このエレベーターは新しいでしょう」

繁田係長は、一瞬何を言われたかわからない様子で番匠を見た。

「え……？」

「作り直したんですよ。以前、事故がありましてね……。作動不良で、若い男性が一人亡くなっているんです」

「事故……。そういえば、五、六年前にそんなことがあったな……。このマンションだったのか……」

番匠はうなずいた。

「それ以来、出るという噂でしてね……。おたくの署の地域課では、通報があるたびに係員を派遣したりして、その場その場で対処していたわけです」

「まあ、そうするしかないだろう」

「早く県警に上げればよかったんです。そうすれば、もっと早く私たちの出番が来たはずです」

繁田係長は、複雑な表情になった。どうこたえていいかわからない様子だ。誰だってそうだろう。

神奈川県警では、R特捜班の名前はそれなりに知られている。だが、それを本気にしている者は少ないはずだ。

いつもはひっそりと行動している。あまり表に出ることはない。神奈川県警本部の組織だが、鎌倉署の一室に常駐している。

R特捜班のRが何の略であるか知っている者は少ない。実は、「霊」のRなのだ。R特捜班の別名は『心霊特捜班』。心霊現象が絡《から》む事件を担当する特捜班だ。

あまり知られていないが、心霊現象に関する通報というのは意外に多い。たいていは所轄の地域課が対処するのだが、署によってはすぐに連絡できるお祓い師や僧侶を用意しているところもある。

もっとも、たいていの警察官は現実主義者なので、R特捜班などただの給料泥棒と思っている者が多い。

捜査員の一人が、遺体をどうするかと繁田係長に尋ねた。繁田は、番匠の顔を見た。

「なあ、これって、病死だろう？　心臓か何かの……。目立った外傷もないし、機捜の聞き込みによると、発見されたとき、ホトケさんは一人でエレベーターに乗っていたそうだ。この状態でな……。まさか、幽霊が取り殺したってわけじゃないだろう？」

最後の一言は、冗談のつもりだったようだ。だが、番匠はにこりともしなかった。

「霊はよほど怨《うら》みがない限りは取り殺したりはしませんよ。まあ、事故で死んだ若者と、このホトケさんの関係を洗ってみなければ、はっきりしたことは言えませんけどね……」

繁田係長の顔色がますます悪くなった。

「おい、幽霊が犯人だということになったら、どうやって事件にするんだ？」

番匠は、のんびりした口調で言った。

「あ、今のは冗談ですから……」

結局、遺体は運ばれていった。変死だから行政解剖ということになるかもしれないが、解剖などされずに検視《けんし》をした後すぐに遺族に引き渡すことも少なくない。

今回もそうなるかもしれないと、大悟は思った。

パンクな恰好《かっこう》の鹿毛がぽつりと言った。

「なんか、ややっこしい事件になったなあ……」

里美がうなずいた。

「そうねえ……」

その二人の言葉を受けて、数馬が重々しく言う。

「つべこべ言うな。だから、早く祓ってしまえばよかったんだ」

「そんな……」

里美が悲しげな顔をした。「だって、何も悪いことしていないのに……」

「こんなところにいること自体、彼にとって不幸なんだよ」

数馬のこの言葉に、鹿毛も反発する。

「おっさんは、頭が固いんだよ。霊だから成仏《じょうぶつ》させなきゃならないなんて、誰が決めたのさ。ここにいたけりゃ、ずっといたっていいじゃない」

「ばかかおまえは。現世に縛《しば》りつけられているというのは、牢獄《ろうごく》にいるのと同じだぞ」

繁田係長が大悟に尋ねた。

「彼らはいったい何の話をしているんだ？」

大悟にも具体的なことはわからない。大悟は、番匠に尋ねた。

「何の話をしているんです？」

「さあね」

番匠は言った。「俺にもわからないね。だけど、一つだけ確かなことがある」

繁田係長が番匠の顔を見た。

「これ、ただの病死じゃないってことらしいですよ」

「何だね？」

2

翌日には、もう噂は広まっていた。

港北区にあるマンションで、一人の男が死んだ。彼は、乗ってはいけないエレベーターに乗ったという噂だ。

そのマンションにはエレベーターが二基並んでいる。住民はその右側のエレベーターには決して乗らない。なぜなら、そのエレベーターは呪《のろ》われているからだ。

六年前に、エレベーターの故障で、当時二十二歳だった若者が死んだ。無念の死を遂げた若者の怨念《おんねん》がエレベーターに乗り移り、次の犠牲者を求めているのだという。

昔は噂は地域限定だった。広範囲に広がるには時間が必要だった。今は、インターネットであっという間に全国に広がっていく。すでに、『呪いのエレベーター』だの、『乗ってはいけないエレベーター』などというスレッドがあちらこちらに立っていた。

ばかばかしい。そう思いながらも、大悟はかなり気にしていた。R特捜班の連中が妙なことを言ったせいだ。

普通なら病死で片付けられるケースだ。事実、死亡診断書を書いた医師は、心臓発作が原因で死んだと言っていた。自宅からカルシウム拮抗剤《きっこうざい》が見つかったことから、死亡した男性には、高血圧症か心臓疾患があったと推定された。

今、港北署の捜査員がかかりつけの医療機関を特定しようとしているようだが、まだ知らせはない。

大悟は、県警本部から港北署に向かう途中だった。港北署でR特捜班と落ち合うことになっていた。

R特捜班が鎌倉署に常駐しているのは理由がある。鎌倉は古都だけに怪談の類《たぐい》も多く、心霊スポットといわれる場所も少なくない。心霊現象に関する通報も多い。

発足当初、R特捜班は横浜の県警本部内に置かれたが、鎌倉に出動することが多く、鎌倉署の一室を借り受けることになった。

いつ誰が作った組織なのか、大悟は知らない。誰も教えてくれないのだ。噂によると、刑事部の管理官たちが、落ちこぼれの捜査員の受け皿として作った部署だというのだが、それが本当かどうかも、大悟にはわからない。

ただ、はっきり言えるのは、R特捜班のメンバーは単なる落ちこぼれではないということだ。たしかに、クセのある連中だ。

班長の番匠は、茫洋《ぼうよう》としていて何を考えているのかさっぱりわからない。大悟は、番匠が驚いたり慌てたりする姿を一度も見たことがなかった。

数馬は人付き合いがへたくそだし、パンクロッカーのような恰好の鹿毛は皮肉屋だ。里美は、桁外れにマイペースだ。

だが、数馬、鹿毛、里美の三人には本当に霊感があるらしい。数馬は、古い神道《しんとう》の伝承者の家柄だ。古神道には、神社神道では失伝してしまった秘法がたくさんあるのだという。鹿毛の実家は、密教《みっきょう》系の寺だ。鹿毛自身も密教の修行を積んだらしい。里美は、ノロの家系だ。ノロというのは、沖縄の神事に関わる女性霊能者だ。

彼らはその霊感によってこれまで幾多の事件を解決している。もちろん、心霊がらみのトラブルは、ほとんど事件にはならない。検察が認めないし、第一、裁判にできないケースがほとんどだ。幽霊を訴えることはできない。だから、公式にはR特捜班の働きが評価されることはない。

番匠には霊能力はないらしい。だが、何事にも驚かない番匠でなければ、R特捜班を束ねることはできないだろう。

港北署に着いた大悟は、捜査会議での繁田強行犯係長の一言に驚かされた。

「噂になっている心霊現象をも視野に入れて捜査に当たります」

番匠は、さも当然といった顔で繁田係長の言葉を聞いていた。ほかのR特捜班の連中も同様だ。というより、事件になろうがなるまいが関係ないという態度にも見える。

繁田係長の言葉が続いた。

「被害者は、鳥谷渡《とりたにわたる》、六十五歳。無職。五年前に大手電機メーカーを退職して悠々自適の生活だったようだ。子供はおらず、奥さんは十年前に他界」

たしかに、ネットなどで噂になっていることは事実だ。だが、所轄署がそれをまともに取り上げるというのが信じがたかった。

エレベーターにまつわる怪談話だ。

まさか、現場にR特捜班がいたことが影響しているのではないだろうな。大悟は思った。刑事、特に人の生き死にに深く関わる強行犯係の刑事は、次第に信心深くなるという。オロク、つまり遺体を検分するときには、必ず手を合わせて遺体に何事か話しかける刑事は少なくない。

繁田係長の言葉がさらに続いた。

「被害者が日頃かかっていた医者が特定されました。現場近くの山下クリニックという町医者です。院長の話によると、たしかに被害者は心臓が悪く、そのための薬を常用していたということです。また、検視に立ち会った医師の話によると、何らかの心理的なショックが引き金になって心臓発作を起こしたらしいということです」

繁田係長は、課長や署長、次長といった幹部たちの顔を見回した。

変死は殺人などの事件に発展する可能性もあるので、捜査会議には幹部も臨席《りんせき》していたのだ。その全員が戸惑ったような表情を浮かべている。R特捜班のメンバーとは対照的だった。

大悟はどちらかというと、幹部たちの側だった。

刑事課の課長が幹部たちを代表して質問した。

「つまり、被害者は、乗ってはいけないエレベーターに乗ってしまい、幽霊を見たショックで心臓発作を起こした……。こういうわけかね?」

刑事課長の名は白川修《しらかわおさむ》。白髪《しらが》頭で老けて見えるが、おそらくまだ四十代だろう。課長も、すでに噂を耳にしていたようだ。

繁田係長は真剣だった。

「私はあくまで、医者の意見を伝えただけです。何らかの心理的ショックです」

「だが……」

港北署の次長が言った。「県警本部から来ているのが、捜査一課ではなくR特捜班というのは、やはり心霊現象がらみだからじゃないのか?」

繁田係長が、番匠係長のほうを見ながら言った。

「その件につきましては、R特捜班のほうから直接説明をお聞きになったほうがいいでしょう」

番匠は、いつもの間延びしたような口調で言った。

「えー、一般捜査員と我々の連絡役がおりますので、そちらから説明したいと思います」

大悟のことだ。

大悟は慌てて立ち上がった。おそらく、番匠は面倒くさいので、大悟に押しつけたのだ。

「えと……。あの……、実はこちらの地域課からの要請で、以前からあのマンションのエレベーターについては調査をしていたわけです」

繁田係長がわずかに顔をしかめた。

「もっと落ち着いて話せばいい……」

「あ、はい……」

次長が記憶をまさぐるように思案顔で大悟を見た。

「うちの地域課から……? つまり、心霊現象ということかね?」

「はい。あのエレベーターには、その……、つまり、出るのだと……」

「出る？」

次長の表情が曇る。「幽霊かね？」

「はい。六年前のことです。当時二十二歳の若者がエレベーターの事故で亡くなりました。欠陥エレベーターだったのです。その後、エレベーターは作り替えられましたが、今でもそちらのエレベーターには、出るのだと……」

「ああ、その事件は覚えている。当時かなり話題になったからな。しかし、地域課からそんな話は上がってきていないぞ」

署長がたしなめるように言った。

「まあ、書類にはしにくいでしょうな。だから、現場処理したということなのでしょう」

「しかし……」

次長は署長に向かって言った。「署内の決裁を飛び越えて県警本部に調査の依頼をしたということになるのですよ」

「そう目くじらを立てるほどのことでもあるまい……」

署長は困ったような顔になった。なんだか、署内の力関係がわかるような気がした。

「えーと、県警本部は関与してませんよ」

番匠が言った。「……というより、本部は、私たちの仕事にはあまり関心を持っていませんからねえ」

次長が驚いた顔で番匠を見た。

「どういうことだね？」

「こちらの地域課の班長さんの一人が、交番から直接私らのところに電話をくれたのです。私らの仕事はたいていそんな具合でしてね……」

「だが、君たちは本部の所属だろう」

「まあ、組織上はそういうことになっていますが、上への報告義務はありません。言ってみれば、神奈川県警のサービス業務みたいなものですから……」

実際は、そんな生やさしいものではない。これまで、何度かR特捜班の現場に立ち会ったから、大悟は知っている。いわゆる狐《きつね》憑《つ》きだとか、悪霊が憑依《ひょうい》したと称する事例に立ち会ったこともある。

それは壮絶な戦いだった。数馬によれば、低級霊や悪霊を人から追い出し、里美に憑依させるのだという。里美は霊媒《れいばい》体質なのだ。ノロはたいていそうだという。

里美に乗り移った霊を数馬と鹿毛が成仏させるのだ。いや、数馬は神道なので成仏とは言わず、お清《きよ》めと言う。

憑依されたという人物から、悪霊を追い出し、里美に乗り移らせるのに三日三晩かかったこともある。それこそ生きるか死ぬかの現場だった。

だが、そんな報告書を警察本部が受理するはずもない。従って、除霊の仕事には番匠が言ったとおり報告義務はない。

「それで……」

白川課長がおそるおそる尋ねた。「あのエレベーターは、本当に出るのか？」

「います」

数馬はあっさりと認めた。長めの髪をオールバックにしているので、いかさま霊能者のように見えなくもない。

数馬は「出る」とは言わず、「いる」と言った。つまり、時折出るというのではなく、地縛霊《じばくれい》としてあのエレベーターにとどまっているという意味なのだろう。

じゃあ、昨日もあそこにいたんだ……。

大悟はそう思い、嫌な気分になった。鳥肌が立っている。大悟は霊だのお化けだのというのが大の苦手だ。それが、R特捜班担当の連絡係をやっているのだ。悪い冗談としか言いようがない。

「あんたらには見えるわけだね？」

白川課長が尋ねた。

「ええ、見えますよ」

パンクな恰好をした鹿毛がちょっと軽薄な口調でこたえた。「この部屋にもいますよ。誰かにくっついて来たみたいだ」

捜査員と幹部たちが思わず周囲を見回した。顔色を失っている。

鹿毛が皮肉な笑いを浮かべた。

「冗談ですよ。こういうことを言うとたいていの人が信じるんだ」

次長が鹿毛を睨《にら》んだ。

「ふざけるんじゃない。だいたい、なんで心霊現象なんぞを視野に入れなければならないんだ。病死でいいじゃないか。何かのショックを受けて心臓発作を起こした。それで一件落着だ」

それは正論だと、大悟は思った。事実、死因は心臓発作なのだ。おそらく、正確に言うと急性心不全だ。次長が言うとおり、病死なのだ。

被害者が何に驚いたかは、この際問題ではないだろう。少なくとも警察の関知するところではない。

「まさか……」

白川課長が言った。「その幽霊が、被害者を殺したというんじゃないだろうね」

それは明らかに冗談だったが、番匠はにこりともしなかった。

「もし、その幽霊が被害者の心臓のことを知っていて、故意に脅かすようなことをやったとしたら、殺したということになるかもしれませんね。未必《みひつ》の故意です」

幹部と捜査員たちは一瞬絶句した。番匠は、事実を淡々と語っているという口調だった。それがかえって凄味《すごみ》があった。

「だからって、幽霊を逮捕するわけにはいかないだろう」

次長が言った。「それとも、何かね。R特捜班は幽霊を逮捕できるのかね?」

「検事がオーケーして、公判が維持できるってんなら、いつでも捕まえてやるよ」

鹿毛が言った。

港北署の面々は、この言葉にもすっかり驚いた様子だった。

「もういい」

数馬が言った。「そんな話は時間の無駄だ。あのエレベーターに居着いている霊は、被害者を殺してはいない。それは明らかだ」

次長が数馬を見た。

「なぜそう言えるんだね?」

「我々にはわかる。そうとしか言いようがないですね」

「そんなことで、我々が納得すると思うのかね？」

「納得していただく必要はありません。霊の話など公式には一切記録されませんから……」

次長は何も言わなかった。考えてみれば、数馬の言うとおりだ。警察は、誰にでも見える事実だけを取り扱う。見えない事実は、事実ではないのだ。

白川課長が、ふと気づいたように言った。

「その幽霊は、ずっとあのエレベーターにいるんだな？」

数馬と鹿毛が同時にうなずいた。鹿毛がこたえた。

「四六時中、へばりついてるよ」

「じゃあ、被害者が亡くなるところも見ているわけだ。つまり目撃者だ。何が起きたのか、その幽霊に訊いてみればいいじゃないか」

「そうだ」

署長がなぜかうれしそうな顔で言った。

「その手があるじゃないか。有力な目撃情報だ」

次長が顔をしかめた。

「どこの世界に幽霊の目撃情報をあてにする警察署があるんです。そんなものは証拠能力も何もない」

　署長はしゅんとなりながら言った。

「だが、何が起きたかはわかるじゃないか。そうすれば、この件を単なる病死とするか、事件性があるか判断できるだろう」

　白川課長が、番匠に尋ねた。

「どうなんだ？　幽霊から話は聞けるのか？」

　番匠は何も言わず、数馬を見た。数馬は、はっきりと言った。

「霊は話などしません」

　白川課長がぽかんとした顔で数馬を見た。

「それはどういうことだね？」

　数馬は面倒くさそうな顔をしたが、皆が注目しているので、仕方なく説明を始めた。

「霊というのは、潜在意識がそのまま裸になって残留しているようなものです。霊自体が直接コミュニケーションしてくることはほとんどありません」

「幽霊は話をしないというのか？」

「しません」

「じゃあ、何をするんだ？」

「ただ存在するだけです」

「だが、何かの目的を持ってこの世に残るんじゃないのかね？」

「そういう場合もありますが、多くの場合はただ迷っているのです。自分が死んだことが信じられないとか、認めたくないとか……」

「霊とはコミュニケーションが取れないのかね？」

「不可能ではありませんが、コツがいります」

「コツ……？」

「何か明確な意思を持った霊は、言葉を用いてその意思を伝えることはできませんが、示《し》唆《さ》したり暗示したりすることはできます」

「示唆や暗示……」

「そう。それはどんな高級霊でも同じです。だから、宗教的体験というのは、暗示に富んでいるわけです。メッセージを受ける側の受け容《い》れ準備が必要なのです」

「天の啓示《けいじ》とかいうやつだな……」

「もう一つの方法は、現世に生きている人間の肉体と脳を一時的に拝借するのです。つまり、パソコンの設定を一時的に自分のものに変えてしまうのに似てますね」

「乗り移るというやつだな……」

「そう。憑依現象です。しかし、これには危険がともないます。霊のメッセージは憑依した宿主の脳の制限を受けるのです」

大悟は話を聞いている捜査員や幹部の頭の上に、クエスチョンマークが浮かぶのが見えるような気がした。

数馬の説明が続いた。

「霊が何かのメッセージをインプットしても、宿主の脳でニュアンスが変えられてしまったり、言葉にすることを拒否されたりすることがあります。宿主は、操られているわけですが、宿主にも自我がありますから……。霊の意思と宿主の自我がぶつかり合うこともあります」

里美の憑依現象を何度か目撃している大悟は、数馬の言うことがよく理解できた。憑依というのは、さまざまなパターンがある。ユタと呼ばれる沖縄の女性霊媒師が先祖の霊を呼び出して、家族に説教をしたりするのも一種の憑依だが、これは実にほほえましい類だ。壮絶なものもある。明らかに宿主の肉体を傷つける場合もある。それこそ命懸けという場面もあった。だが、そんな光景を見たことのない捜査員たちや幹部連中にはぴんとこないに違いない。

「でも……」

繁田係長が、番匠に言った。「この件は、そんなに単純じゃないから、調べ直したほうがいいと言ったのは、あんたたちじゃないか」

大悟はまたしてもびっくりした。思わず番匠に尋ねていた。

「そうなんですか?」

番匠はのんびりとした動作でうなずいた。

「ああ、たしかに言ったな……」

「なんでまた……」

「数馬と鹿毛が、そう言ったからさ」

番匠は、数馬と鹿毛の霊能力を無条件で受け容れている。

大悟は数馬と鹿毛を交互に見て尋ねた。

「何が見えたんです?」

数馬がこたえた。

「だから、あそこのエレベーターで死んだ若者の霊だって言ってるだろう」

大悟は、突き放すような数馬の言い方に、苛立った。

「その若者の霊が何をしたのです?」

「俺たちのほうを見ていた」

「ただそれだけですか？」

「それだけだ」

「それじゃ何の意味もないじゃないですか」

「いや、違う。霊が特定の人物を見つめるというのは、何かの意思があるときだ。彼は、我々が警察官だということを知っていた。なぜなら、最初に会ったときに、俺たちは名乗って身分を告げたからな」

数馬はいつも自信たっぷりだ。だから、彼の言葉には不思議な説得力がある。

署長がまたうれしそうな顔になって言った。

「やっぱり、幽霊が目撃者ということになるじゃないか」

数馬は署長に向かって言った。

「しかし、何が起きたかを具体的に教えてくれるわけではありません。調べてくれ。そう眼差しで訴えることしかできないのです」

「まず、何から手を付ければいい？」

繁田係長が数馬に尋ねた。

「遺体の検分のやり直しですね。できれば、解剖をしたほうがいい。そして、マンションの住民への聞き込みです」

繁田係長は目を丸くした。

「それじゃ殺人の捜査みたいじゃないか」

数馬はうなずいた。

「その可能性もある。エレベーターの霊の眼差しはそれくらいに真剣でしたよ」

3

被害者の鳥谷渡は、身寄りがなく、遺体の引き取り手がなかったため、病院の遺体安置所に安置されたままだった。

変死ということで行政解剖が行われることになった。変死体の解剖率というのはいまだにたいへん低い。費用や手間がかかるために現場では敬遠されるのだ。

だが、解剖によって明らかになることは多い。解剖率を増やすべきだという声も少なくないが、実際にはなかなか進まない。

だから、港北署が解剖に踏み切ったのは稀《まれ》な例といえるかもしれない。R特捜班の助言があったからかもしれない。R特捜班は、形式上とはいえ、県警本部の組織なのだ。

解剖の結果が出た日、大悟はR特捜班の面々とともに、再び港北署を訪れた。捜査会議のメンバーは前回と同様だった。多忙なはずの署長が二度とも捜査会議に出席するということは、普通ではない関心を寄せていることを物語っている。

ひょっとしたら、R特捜班に興味があるのかもしれない。大悟はそんなことさえ考えていた。

捜査会議は、前回同様繁田係長の報告から始まった。大悟は、おやと思った。前回とうって変わって、繁田係長が興奮しているように感じた。

「解剖の結果、遺体にかすかな火傷《やけど》の跡が見つかりました。ほとんど見逃してしまいそうな跡ですが、きわめて特徴的な火傷でした。首の後ろのところにあった長さ約二・五センチの細長い火傷の跡で、高電圧の放電などが原因と思われます。つまり、被害者は感電したわけです」

「感電……」

次長が目を瞬《しばた》いた。「エレベーターの中でかね？　いったい、何があったんだ？」

署長が言った。

「まさか、雷が落ちたとか……」

白川課長がかぶりを振った。

「外で雷が発生していたとしても、エレベーターの中に落雷するとは考えられませんね」

署長が白川課長を見た。

「だが、空中で放電したものが、何かの拍子《ひょうし》で球状になり、ふわふわ漂う現象があるそうじゃないか」

白川課長は怪訝そうな顔で署長を見た。署長は、球雷《きゅうらい》あるいは球電《きゅうでん》と呼ばれる現象のことを言ったのであり、白川課長には何のことかわからなかったのだ。

やはり、この署長は心霊現象などの超自然現象に興味があるようだと、大悟は思った。

「あのね、球電が触れたら大爆発を起こすよ」

パンクスタイルの鹿毛があきれたような口調で言う。「あれ、プラズマだからね。火傷どころじゃ済まないよ」

署長は鹿毛に尋ねた。

「じゃあ、どうしてエレベーターの中で感電したんだね?」

「だからさ、もっと自然に考えればいいじゃない。火傷の位置は首筋。つまり、衣服から露出しており、体の後方にある。ね?」

「わからんな」

署長は鹿毛の奇抜な恰好をまったく気にしていない様子だ。鹿毛の謎かけを楽しんでいるようにも見える。

「背後から誰かに何かをされた」

鹿毛がそう言うと署長がはっと気づいたように言った。

「そうか。スタンガンか……。護身用の電撃だな」

鹿毛はうなずいた。

「それが一番可能性が高いと思う」

「そう」

繁田係長が巨大な体をぐっと乗り出すようにして言った。「強行犯係でもその線に沿って捜査を進めています。被害者の火傷の長さからスタンガンの電極の幅がわかります。それにより、製品やそのメーカーがかなり絞られると思います」

「待てよ……」

白川課長が言った。「背後からスタンガンで電撃を与えたとしたら、これは少なくとも傷害致死ということになるな?」

繁田係長が言った。

「はい。さらに、です。犯人が被害者の心臓のことを知っていたとしたら、殺意が明らかだということになるでしょう。つまり、殺人事件です」

大悟は、たまたま隣に座っていた里美にそっと言った。

「驚きましたね。なんだか数馬さんの言ったとおりになってきたじゃないですか」

里美は平然と言った。

「あーら、まさか、岩切さん、あたしたちのこと、疑ってたの?」

「いや、そういうわけじゃないんですが……」

「別にいいけどねー。どうせ、心霊現象なんてあんまり信じてもらえないんだから」

「信じてないわけじゃないんですが……」

「じゃあ、何なのよ?」

「どうやって付き合っていけばいいかわからないんです」

里美は、しげしげと大悟を見つめた。大悟は落ち着かない気分で言った。

「何ですか? 僕、何か変なことを言いましたか?」

「いや、正直なんだなって思って……。あたしだってね、いまだに自分の能力とどう付き合っていいか、よくわからないんだからね」

捜査会議は進んでいた。この段階にくると、もうR特捜班の出る幕ではない。大悟は黙って捜査員たちの報告を聞いていた。ベテラン捜査員が聞き込みの結果について報告しているところだった。

「いや、どうも被害者の評判は、芳《かんば》しくないですなあ。マンションの住民によると、あの男、かなり困った人物だったようです。何でも、若い女性が捨てたゴミ袋を漁《あさ》ったり、子供たちを恐がらせたり……」

白川課長が尋ねた。

「具体的な被害はあったのか？」

「いえ、そういう報告はありませんが、ずいぶん迷惑がられていたようですね。住民の中にはかなり被害者のことを嫌っていた人もいたかもしれないということです」

「何か揉《も》め事があったのか？」

「子供が脅かされたといって泣きながら帰ってきたので、親が被害者のところに怒鳴り込んだということがあったそうです。逆に怒鳴り返されたということですが……」

「うーん……」

白川課長が腕組みをした。「その程度のことで、殺人に発展するとは思えんなあ……」

「しかしね……」

次長が言った。「昨今は、何が起きても不思議はないからな。その子供を脅かされたという人物に詳しく事情を聞くべきだな」

そのとき、署長がぽつりと言った。

「死んだほうは反論できないもんなあ……」

次長がさっと署長のほうを見た。

「何です？」

「いや、揉め事というのは双方の言い分を聞くべきだと思ってね。だが、片方は死んでいる……」

「問題はその揉め事そのものではないでしょう」

次長はたしなめる口調で言った。「被害者が近隣の住民に迷惑をかけていたということです。若い女性のゴミ袋を漁るなど、破廉恥《はれんち》の極《きわ》みですよ」

破廉恥の極み……。これはまた、古い言い回しだ。

次長の言い分は正論だが、大悟は署長の言いたいこともわかるような気がした。物事には常に裏がある。そして、人それぞれに言い分があるものだ。

捜査会議が終わる頃には、すでに捜査員たちの心証は殺人事件ということで固まったようだった。そうなれば、あとは港北署の捜査員たちに任せるしかない。

会議の後は、幹部たちは自分の席に戻り、捜査員たちは再び外に出て行った。

大悟は番匠に言った。

「殺人ということになれば、捜査本部ができるでしょうね」

番匠はいつものののんびりとした口調で言った。

「さあね、どうだろうね」

あまり関心はなさそうだ。捜査本部ができたら、R特捜班も参加することになるだろうか。いや、それはどうだろう。

番匠が鹿毛に尋ねた。

「おまえさん、現場で気になることを言ったね」

「え、俺、何か言ったっけ？」

「なんか、ややっこしい事件になったなあ……。おまえさん、たしかそう言ったんだよ。

比謝君もそれに同意した。あれ、どういうことだったの？」

「いや、増えちゃったからさ、なあ？」

鹿毛が里美に言った。里美はうなずいた。

「そう。殺されたおっさんの霊も居着いちゃったもんで……」

大悟はびっくりしたが、番匠はまったく動じない。

「そうか。それで、被害者の霊は何をしているんだ？」

「別に何も……。死んだことがよほど意外だったんでしょうね。死んだということを認めたくないんですよ。そういうの納得させるのって、けっこう面倒なんですよ。だから言ったんです。ややこしいことになったなあって……」

番匠は数馬に言った。

「あんたにも見えていたんでしょう？」

「見えていました」

「じゃあ、引導《いんどう》を渡してやらないとな」

「だから、それは仏教の連中が言うことで、私らはお清めするだけですから……」

番匠は鹿毛に言った。

「死んだことがよほど意外だったと言ったな？」

「ああ、そんな感じだったよ」

「エレベーターの中で後ろからスタンガンを押しつけられた……」

番匠が思案顔で言った。

「あの……」

大悟はひかえめに言った。「まだスタンガンと決まったわけじゃ……」

里美が言った。

「ボスは可能性の話をしてるのよ。考えてるんだから邪魔しちゃだめじゃない」

「すいません……」

番匠は、大悟と里美の会話など聞いていなかったように宙を見つめながらさらに言った。

「エレベーターの中で他人に背中を向けるのはよくあることだが……。まさかその人物に自分が殺されるとは思わなかったということか……」

「まあね」

鹿毛が言った。「たいていの人は、他人から突然殺されるなんて思っていないだろうからね」

「班長が言っているのは、そういうことじゃない」

数馬が叱《しか》るような口調で言った。「犯人との関係性のことを話しているんだ」

「わかってるよ、それくらい。つまり、顔見知りだった可能性が大きいということだろう」

「でもぉ」

里美が言った。「マンションの住人て、たいていが顔見知りなんじゃないの?」

「そうでもねえよ」

鹿毛が言う。「都会のマンションなんて、へたすると隣にどんなやつが住んでいるか知らないやつがいっぱいいるぜ」

「あんたもそうなの?」

「あ、俺はこう見えても、近所付き合いはマメなほうだよ」

「あのマンションは分譲だっけ、賃貸だっけ……？」

番匠が言った。大悟は即座にこたえた。

「あ、分譲です」

「……ということはマンション内に自治会なんかもあるから、賃貸よりは住民同士の関係が密だとも考えられるな」

「港北署の捜査員が言っていたトラブルの相手の容疑が濃いということになりますかね？」

数馬が言うと、番匠はかぶりを振った。

「対立している相手なら、無防備に背中を見せたりはしないだろう」

「どうでしょう」

数馬が言った。「さっきの捜査員の話によると、被害者は傍若無人《ぼうじやくぶじん》なタイプのように聞こえましたが……」

「そうとも限んないわよ」

里美が言った。「署長も言ってたけど、双方の言い分を聞かないと……」

「けど、おっさんは死んでんだぜ」

鹿毛が言うと、里美はじれったそうに言った。

「だから、あたしたちが気持ちをくんであげればいいんじゃない」

番匠が里美をじっと見つめた。

「何か感じたのか?」

里美はうなずいた。

「感じたわ」

「何を?」

「怨みよりも悲しみね。そして淋しさ……。まるで失恋でもしたときのような……」

「失恋……?」

「たぶん、あのおじさんを殺したのは、けっこう親しかった人」

番匠はうなずいた。

「それから……?」

里美はまるでそれが自明のことのように言った。

「犯人は女ね」

番匠が、犯人は女の可能性が高いということを、繁田係長にそれとなく告げた。すでに繁田係長もその方向で動いていたようだ。というのも、聞き込みの結果、時折被害者宅を訪れる、かなり年の離れた交際相手がおり、別れ話でずいぶん揉めていたという情報を得ていたからだ。その交際相手の名は小森仲江《こもりのぶえ》。年齢は三十五歳だ。

しかも、小森仲江の職業は看護師で、被害者が通っている医院で働いているという。もともとは、そのことがきっかけで知り合ったらしい。

彼女は鳥谷渡の心臓疾患のことを知っていたと思われる。そこまで外堀が埋まっていれば、刑事たちの仕事は早い。

やがて、小森仲江がスタンガンを購入していたことが突き止められ、任意同行、取り調べと、捜査は進んだ。

そして、事件が起きてから四日目の夕刻、小森仲江は殺人を自白した。やはり、動機は別れ話のもつれ。スタンガンのショックで心臓発作が起きるかどうかはわからない。一か八かの賭《か》けだったと、小森仲江は語ったそうだ。

事件は解決したが、R特捜班の仕事はまだ残っていた。エレベーターに居着いている若者の霊と、殺人の被害者の霊を成仏させなければならない。成仏というのは、鹿毛の言い方で、数馬に言わせるとお清めとかお祓いということになる。

「それにしても、どうしてこのエレベーターに乗ったんでしょうね……」

マンションの二基のエレベーターの前に立ったとき、大悟はずっと思っていた疑問を口に出した。

鹿毛が聞き返した。

「なんでそんなこと考えるんだ?」

「だって、このエレベーター、出るから、ここのマンションの住民は使わないって……」

「どうやらね……」

鹿毛が言った。「事故で死んだ若者と、殺人の被害者とは、生きている頃からけっこう親しかったらしい」

「でも、殺された鳥谷渡って、嫌われ者だったんでしょう?」

「嫌われ者が悪い人とは限らないわよ」

里美が言った。「島にも口うるさいオジイやオバアはいたけど、そういうの大切じゃない」

大悟はびっくりした。

「あ、鳥谷渡って、昔ながらの世話焼きだったってことですか?」

「そのようだな」

番匠が言った。「年配の住民に聞くと、港北署の聞き込みとは違った人物像が浮かんできた。鳥谷渡は、ゴミの分別にだらしのない住民のゴミをちゃんと仕分けしてやり、行儀や態度の悪い子供たちを叱っていた。つまり、昔ながらの地域社会を一人で守っていたわけだ。それが、この近代的なマンションにはそぐわなかったんだな……」

「エレベーター事故で死んだ若者もそうだ」

数馬が言った。「この世に遺恨を残して居座っているなんて言われているが、そうではない」

「え……？」

大悟は思わず数馬の顔を見ていた。

「そうだよ」

鹿毛が言った。「あいつ、ほかの住民が事故にあわないように見張っているつもりだったんだ。エレベーターが作り直されたことも知らないでね」

「もしかしたら、鳥谷渡は、あの若者の霊を恐がっていなかったのかもしれない。だからあのエレベーターに乗るのも平気だったんだ」

「じゃあ、犯人の小森伸江はどうだったんです？　被害者宅に出入りしていたからには、エレベーターの噂くらいは知っていたはずでしょう？」

大悟は鹿毛に尋ねた。「彼女も若者の霊を恐れていなかったんですか？」

「殺人を計画してエレベーターに乗り込んだんだ。それどころじゃなかったんじゃないのか」

「それに……」

数馬が言った。「こちら側のエレベーターならほかの住民が乗ってくる確率が低い」

「なるほど……」

「さて」

鹿毛が言った。「あの若者とおっさんを説得するか」

「だめよ」

里美が言った。「ちゃんと名前で呼んであげなきゃ」

「わかったよ。えーと、鳥谷渡さんに、あれ、事故で死んだ若いのは、何ていう名前だっけ?」

「相田邦夫《あいだくにお》よ」

「相田邦夫さんね。さて、行くか」

エレベーターのボタンを押した。ドアが開く。

「あれ……」

鹿毛が声を上げた。

その声に、数馬と里美もエレベーターの中を覗き込んだ。

「お……」

「あら……」

「どうしたんだ?」

番匠が尋ねた。鹿毛がこたえる。

「行っちまった」

「消えたのか?」

「成仏しちまったみたいだね。事件が解決したんで、満足したのかな……」

「もしかしたら、あたしたちの話を聞いていたのかもね」

「相田邦夫……」

鹿毛が言った。「あいつ、なかなかいいやつっぽかったんだけどな……」

「何を言ってる」

数馬が言った。「霊は天上に帰してやるのが一番なんだ」

鹿毛と里美は、エレベーターの中をまだ見つめていた。数馬も天井のあたりを見ている。

なんだか三人とも少し淋しそうだった。

大悟は何となく三人の気持ちがわかるような気がしていた。

目撃者に花束を

1

「それで鎌倉署まで連れてきたのか？」

番匠京介《ばんしょうきょうすけ》係長が、椅子にもたれたまま眠そうな顔で言った。よれよれの背広を着ているのだが、それが妙にしっくりと馴染んでいるように見える。要するに板に付いているのだ。

岩切大悟《いわきりだいご》は、なんだか叱られたような気分になって言った。

「すいません。気になって仕方がないと、本人が言うものですから……」

鎌倉署の一角に、細長い部屋があり、そこにやはり細長いテーブルがある。その両側にはパイプ椅子が並んでおり、部屋の一番入り口近くに番匠が座っていた。

ここは、R特捜班が常駐している部屋だ。普段はここに近づく者はほとんどいない。

岩切大悟は、隣に立っている細島慶太《ほそじまけいた》をちらりと見た。細島は、神奈川県警の捜査一課に所属する刑事だ。第二係におり階級は巡査、年齢は三十二歳だ。県警本部の刑事の中では若手で、ちょっと頼りない感じがする。

細島は、申し訳なさそうに言った。

「何度も同じ夢を見るって、あまり経験したことがないんで……」

短い髪を整髪料でつんつんと針のように立てたパンクロッカーのような風貌《ふうぼう》の鹿毛睦丸《かげむつまる》が言った。

「同じような夢を、頻繁《ひんぱん》に見るってこと？」

細島はうなずいた。

「ええ。そうなんです」

「ふうん」

鹿毛は、質問をしたくせに、あまり関心なさそうだった。

大悟は鹿毛に尋ねた。

「これって、やっぱり何かに取り憑《つ》かれたりしているんですかね？」

鹿毛はちらりと大悟を見た。それから、細島を見て肩をすくめた。

「どうかね」

主任の数馬史郎《かずましろう》部長刑事が大悟に言った。

「どうして取り憑かれたなんて思うんだ？」

数馬は細身で背が低いが妙な迫力がある。大悟はちょっとたじろいだ。

「いや、別に僕が言ったわけじゃなく……」

細島が数馬に言った。

「自分が岩切君に相談したんです。岩切君は、R特捜班との連絡役なんでしょう?」

「だーかーらー」

比《ひ》謝《じゃ》里《さと》美《み》の間延びした声が聞こえた。「どうして、取り憑かれたなんて思ったわけ?」

黒く艶《つや》のある長い髪と、よく光る大きな目が特徴の、沖縄美人だ。

「夢の内容が、ちょっと変わっているんで、普通じゃないなと思ったんです」

「どんな夢なの?」

「行ったこともない場所を何度も見るんです。そこにいるのは、小学校時代の友達だったり、高校時代の友達だったり、職場の人だったりするんですけれど……」

「それ、同じ場所なの?」

鹿毛が、別にどうでもいいという口調で尋ねる。

「ええ。間違いなく同じ場所なんです」

比謝里美が尋ねた。

「本当に、行ったことがない場所なの?」

「ないんです。その夢を見て目が覚めたときは、妙に懐かしいような気がしているんですが、冷静になって考えると本当に見たこともない場所なんです」

数馬主任がちょっと迷惑そうな顔をして言う。

「夢っていうのは、たいていそんなもんじゃないのか？」

「あの……」

大悟は言った。「せっかくこうして足を運んできたんですから、お願いできませんか？」

鹿毛がぽかんとした顔で訊く。

「お願いって、何を？」

「霊視とか……。皆さん、せっかく霊能力をお持ちなんでしょう？」

「待て待て」

番匠係長が、茫洋とした表情のまま言った。「俺は霊能力なんて持ってないぞ」

「いえ、ですから、ほかの三人の方が……」

「どうしてすぐに霊のせいにしたがるんだ」

数馬が大悟を見据《みす》えた。大悟はその眼差しに落ち着かない気分になる。顔を見ていながら、頭の後ろのほうまで見透かされてしまいそうな視線だ。

「いえ、そういうわけじゃないんですが……」

鹿毛が皮肉な笑いを浮かべて言う。

「どうせ、信じてないんだろう」

「信じてないわけじゃありません。だから、こうして訪ねてきたわけで……」

「いいじゃない」

比謝里美が言った。「どうせ暇なんだから」

「そういう問題じゃない」

数馬主任が里美に言った。「俺たちはインチキ霊感占い師とは違うんだ」

鹿毛が茶化すように言う。

「えー、似たようなもんじゃない」

「おまえの怪しげな密教といっしょにしないでくれ。俺の古神道は神聖なものだ」

「固いなあ。ちょっとは里美のフレキシブルなところ、見習ったら?」

「里美は性格がルーズなだけだ」

「そんなことないわよ。沖縄はチャンプルー文化なのよ。何でも受け容れる懐の広さがあるわけ。テーゲーなのも、文化のうちよ」

テーゲーというのは、沖縄弁で、「まあ、適当に」というような意味らしい。「たいがい」が訛《なま》ったものだと聞いたことがある。

「あの……」

大悟は言った。「細島さんの夢については……」

数馬が大悟に言った。

「あのな、夢というのは大脳の作用の一つだ。睡眠中に記憶の整理をしているという説がある。もっとも、フロイトに言わせると、すべてリビドーに結びついてしまうわけだが、現代では必ずしもそうではないという説のほうが有力だ。いずれにしろ、夢というのは昼間の残滓《ざんし》なんだ。だから、同じ夢を何度も見るというのは、必ず何かの理由がある」

細島が意外そうな顔をして数馬に尋ねた。

「どんな理由が考えられますか?」

「無意識の領域と関係がある。あんたは意識していないが、無意識の領域では何か重要なことだと感じているのかもしれない」

「でも、行ったことのない場所なんですよ」

「だが、どこかで見ているのかもしれない。それが、無意識の領域で何かと結びついているんだ」

「はあ……」

「記憶をたどってみるといい。雑誌や何かの写真で見たのかもしれない。あるいは、子供の頃に行ったことがあるが、忘れてしまっているのかもしれない。テレビで見たのかもしれない。夢を見はじめた頃までさかのぼって考えてみるんだな」

細島は、とても納得したとはいいがたい顔をしていた。だが、数馬の口調は断定的だったので、反論できない様子だった。

「ちょっと考えてみます」

細島は言った。「お忙しいところ、お邪魔しました」

「だからさ」

鹿毛が言った。「見てのとおり、忙しくなんかないんだってば……」

R特捜班が常駐している小部屋を出ると、大悟は細島に言った。

「どうもすいません。お役に立てなくて……」

「いや、そんなことはない。来てみてよかったよ。噂と違ってずいぶんまともな人たちじゃないか」

「そうですか？　僕なんか、いっしょにいるだけで疲れちゃいますけどね……」

「無意識のうちに、重要なことだと気づいているというのはあり得るかもしれない。捜査員としては看過《かんか》できないな」

細島が穏やかな性格の持ち主で本当にほっとした。人によっては、R特捜班たちの態度に逆上してもおかしくはない。

「落ちこぼれ救済のために、R特捜班を作ったという噂もあるが……」

細島が言った。「たしかに普通の捜査員とはちょっと違うな」

「なんせ、心霊現象なんかの通報に対処するために作られた部署ですから……」

「本当に霊能力があるのか？」

「さあ、僕にもわかりません」

「たしかに、数馬主任が言ったことは気になる。調べてみるよ」

「細島さんは、二係だから、継続捜査なんかもなさるんですよね」

「そう。お蔵入りになりそうな事件が回ってくることも珍しくはない」

「今回の夢が、そういう事件と関わりがあると……？」

「わからない。だが、数馬主任が言ったように、何か合理的な理由があるはずだ」

「そう言っていただけると、僕もほっとします」

「刑事総務の刑事企画にいるんだろう？」

「第一係です」

「なんで、R特捜班との連絡係なんてやらされているんだ？」

「わかりません。嫌がらせとしか思えませんよ。実は、僕、心霊現象とか怪談の類は大の苦手なんです」

細島は笑った。

「鍛えてやるという親心かもしれない」

「そうですかね?」

「俺は県警本部に戻る。じゃあな」

細島が去っていくと、大悟はR特捜班の部屋に戻った。もっと、親身になってやっても
いいじゃないかと、文句の一言も言いたかった。

部屋に入ったとたんに、数馬に言われた。

「細島といったか? 今のやつ」

「はい……」

「あいつと連絡を絶やすな」

「え……。どういうことですか?」

「いいから、言われたとおりにしろ」

鹿毛が言った。

「そんな言い方じゃ、誰も納得しないよ」

「じゃ、どう言えばいいんだ?」

鹿毛が大悟に向かって言った。

「俺たちとそれなりに付き合ってるんだから、霊と呼ばれているものが、どんなものか知ってるよな？」

「ええと、たしか、潜在意識が丸裸になって残留しているようなもの……。そうでしたよね」

「そう。だから、人間の無意識や潜在意識とシンクロすることがよくある。そして、無意識や潜在意識が活動するのは、睡眠時に夢を見ているときなんだ」

「はあ……」

「よく、夢枕に立つとかいうのがあるだろう。あれなんかも、そういう現象だ」

「金縛《かなしば》りもそうですか？」

「あれは別。金縛りはただの睡眠のパターンの乱れだ。レム睡眠とノンレム睡眠というのを知ってるか？」

「ええ。たしか、レムというのは、ラピッド・アイ・ムーブメントの略で、睡眠時に眼球が激しく動く状態のことですね」

「そう。たいていは夢を見ている。このレム睡眠時には筋肉が弛緩《しかん》して体が動かせない。肉体を強制的に休めようというメカニズムだ。たいていは夢を見ているので、体が動かないことに気づかない。だが、稀にレム睡眠時に意識が覚醒《かくせい》することがある。睡眠のサイクルというのは、ノンレム睡眠から始まる。だが、激しい疲労などの理由で、いきなりレム睡眠に入ることがある。そんなときに金縛りが起きる。半睡半覚の状態だから、夢の続きを見ているので、よく幻を見たような気になる」

「おい」

数馬が言った。「金縛りの講釈なんてどうでもいい」

「こいつが質問するからだよ。要するにね、夢を見ている状態というのは、霊的なシンクロが起きやすいということが言いたいわけ」

「細島さんの夢ってそういうことだったんですか？」

「そういうこともあり得るということだ」

数馬が言った。「言っておくが、霊に憑依《ひょうい》されているなどということではない」

「じゃあ、どうして細島さんにはっきりそう言ってあげなかったんですか？」

「言ったじゃないか。何でも霊のせいにするなって」

「でも、潜在意識がシンクロするとか何とか……」

「可能性の話だ。いいか？　俺たちが、そういう話をすると、一般人はただ気味悪がるだけだ。霊障《れいしょう》などというのは、ごく稀にしかないのに、霊が関係していると言われただけで、何でもかんでも霊の仕業にしてしまう」

「でも、放ってはおけないということでしょう。だから、連絡を絶やすなというわけですよね」

数馬が言った。

「俺は放っておけばいいと思った。だが、ボスがな……」

大悟は、番匠を見た。番匠は、眠そうな顔で言った。

「まあ、ここを訪ねてきたのも何かの縁だし、こう暇だと退屈でな……」

「はあ……」

番匠がどこまで本気なのか、大悟には判断がつきかねた。とにかく、言われたとおりに細島と連絡を取るしかない。どうせ、大悟にできることはそれくらいなのだ。

2

大悟が細島を連れて鎌倉署のR特捜班を訪ねてから三日後、また細島から内線電話があった。

「いや、驚いたよ。R特捜班の連中が言ったとおりだった」

「どういうことです?」

「俺は夢に見る景色を、たしかに見ていた」

「そこに行ったことがあるということですか？」

「いや、行ったことはない。写真で見ていたんだ」

「何の写真です？」

「殺人事件の捜査資料だ。一年前の事件だが、未解決だ。二係で継続捜査をやっているが、俺の担当じゃないので、すっかり忘れていた」

「本当にその景色なんですか？」

「間違いない。あらためて写真を見たときに、はっとしたよ。夢に見るたびに細かな点は違っているんだ。子供の頃住んでいた家の前だったり、通っていた学校の近くだったりするんだが、景色の印象がまったく同じなんだ。その写真を見た瞬間に、これだって思ったよ」

「ああ、夢ってだいたいそんな感じですよね」

「R特捜班の連中に伝えておいてくれないか。これですっきりしたって……」

連絡を絶やすなと言われていた。このまま放置するわけにはいかない。

「あの、もしよかったら、細島さんの口から伝えてもらえませんか？」

「ああ、それが筋だろうな。わかった。そうしてみよう」

翌週の月曜日、大悟は細島とともに鎌倉署のR特捜班を訪ねた。

「細島さんは、何度も同じ場所の夢を見る理由がわかったそうです」

番匠が相変わらずの眠そうな顔で言った。

「ほう、それはよかった。それで、どういう理由なの？」

細島が言った。

「一年前の殺人事件の捜査資料です。その中にあった写真に写っていた景色だったんです」

「写真の……？」

里美が真っ先に反応した。

「そうです。未解決の事件なんですが……」

「本当に、それだけ？」

里美にそう尋ねられて、細島が怪訝そうな顔をした。大悟は、霊とのシンクロなどという話を聞いていたので、ちょっと嫌な気分になった。

細島がこたえた。

「ええ。先日、会議で継続捜査の経過報告をしているときに、写真を見て、ああ、これだったのかと思ったんです」

里美がさらに質問した。

「じゃあ、その事件、あなたが担当していたわけじゃないのね？」

「ええ、違います。おそらく、継続捜査を始めるときに、係長から説明があって、そのときに写真を見たんだと思います」

「おかしいわ……」

里美が言った。鹿毛がうなずいて言った。

「ああ、たしかにな……」

数馬も言った。

「おまえたちもそう思うか」

この三人は、霊感を持っている。何かに気づいたのかもしれない。大悟がおそるおそる尋ねた。

「いったい、どうしたっていうんです？　何が変なんですか？　細島さんは同じ夢を何度も見る理由に気づいたと言ってるんです。それでいいじゃないですか」

里美が言った。

「会議で過去に見たことがあるというだけで、どうして何度も夢に見なきゃいけないわけ？　その理由がわからないじゃない」

「でも……」

細島が言った。「夢に見るのは、その写真の景色に間違いないんです」

番匠はまったく緊張感のない口調で細島に言った。

「その写真、持ってこられる？」

「今持ってますよ」

大悟は驚いて細島を見た。

「捜査資料を持ってきたんですか？」

「継続捜査をやっている者は、どんな小さな手がかりでもほしいんだ。だから、資料を貸してくれと言えば、わりと簡単に貸してくれる」

「でも、これ事件とは関係ない話なんですよ」

「空振りだったと言えばいいだけのことだ」

「いいからさ」

鹿毛が言った。「その写真、見せてよ」

「はい、これです」

細島は、カバンからファイルを取り出し、それに挟まっていた何枚かの写真を取り出した。林の中を通る片側一車線の道路だ。ガードレールが写っている。

道の先はカーブを描いて、林の向こうに消えている。何時頃に撮影された写真かはわからないが、いかにも人けのない淋しい場所に見える。

「これ、どのあたりなの?」

鹿毛が尋ねる。

「辻堂《つじどう》です。山のほうから海岸に向かう道です」

里美、鹿毛、数馬の三人は、写真を眺《なが》めていた。やがて、里美が言った。

「写真を見ただけじゃないはずよ。あなた、ここに行ってなきゃおかしい」

細島が驚いた顔で里美を見た。

「えー、記憶にありませんね。第一、辻堂なんて、縁がありませんし……」

「事件の捜査か何かで行ってない?」

「行ってるはずはありません。さっきも言いましたけど、僕はこの事件を担当しているわけじゃありませんし……」

「過去にプライベートで行ったということは……?」

「いや、そんな記憶はありませんね」

「じゃあ、やっぱり仕事で行ったかもしれない」

「僕は、警察に入って研修が終わると、川崎の宮前署の地域課に配属になりました。その後は川崎署の刑事課、そして県警本部にやってきたわけです」

けっこういいコースを歩んでるなと大悟は思った。

里美がさらに言った。

「人間の記憶というのは、すごく曖昧《あいまい》なものなの。嫌なこととか、自分と関係のないことは、意外と都合よく忘れてしまうものなの」

「そう言われてもなあ……」

大悟は里美に尋ねた。

「どうして、細島さんが、この写真の場所に行ってると思うんです？　細島さんが言うとおり、写真で見たのを覚えていただけかもしれませんよ」

里美は大悟に言った。

「あなた、写真で見ただけの景色を夢に見たことなんて、ある？」

考えてみた。思い当たることはない。

「いいえ、ないと思います」

「あたしもない。いい？　細島さんはこの写真の景色を何度も夢に見ているというのよ。しかも、最近頻繁に見るようになったんでしょう？　この写真が原因とは考えられない」

「だから、それは何か霊的なシンクロなんでしょう？」

細島がびっくりした顔で、大悟を見た。

「そうなのか？　この間は、そんなこと、何も言ってなかったじゃないか」

数馬が大悟を一瞥した。しまった、と大悟は思った。余計なことを言ってしまった。

数馬が細島に言った。

「霊に取り憑かれているとか、そういうことじゃないんだ。里美が言いたいのは、過去に写真を見ただけで、その風景の夢を頻繁に見るというのは、説明がつかないということだ」

「今、岩切君が言った、霊的なシンクロとかいうのは、どういうことですか？」

「夢枕に立つとか、虫の知らせとかという現象がある。あれと同じで、それほど珍しいことじゃない。だからといって、あんたに霊障があるというわけじゃない」

細島が考え込んだ。

「でも、ここに行った記憶がないんだがな……」

鹿毛が言った。

「行ってみたら？　何かわかるかもしれない。なんなら、俺たちもいっしょに行くよ」

細島が鹿毛に言った。

「R特捜班が……？　なぜです？」

「気になるんだろう。なら、確かめに行けばいいじゃん。俺たち、暇だしさ」

細島が何か言うまえに、番匠が言った。

「捜査員が協力を申し入れてきたら、R特捜班はいつでも出動する。……ってことで、いいんじゃないの？」

結局、現場に出かけることにした。R特捜班などに捜査車両が割り当てられているはずがない。数馬のセダンと鹿毛のランドクルーザーに分乗して、現場に向かった。


写真に写っていた場所は、住宅地と住宅地のちょうど間にある。昼間でも人けのない林に挟まれたカーブだ。

道の両側にガードレールがある。ガードレールには、幾筋かこすった跡が残っていた。

大悟は、数馬、鹿毛、里美の行動を気にしていた。なにせ、ここは殺人現場だ。地縛霊《じばくれい》などがいてもおかしくはない。

霊に祟《たた》られたりするのはまっぴらだった。よく、心霊現象や心霊スポットを特集するテレビ番組で、霊能者と称する人々が頭痛を訴えたり、苦しみだす様子が放映される。

R特捜班と捜査員の連絡係を担当するようになって、彼らにそのような現象が起きたことは一度もない。

里美は、霊媒体質《れいばい》らしいので、除霊のために霊を里美に憑依させることがあるらしいが、実際にはどういうことなのか、大悟にもよくわかっていない。

大悟は、その三人がある一点を見ているのに気づいた。その視線の先には、花束が置かれていた。花束は、すでにしおれかけていた。

大悟は鹿毛に尋ねた。

「あれ、何でしょうね？」

「里美が妙だと言い出した原因はあれだ」

「え……？」

「捜査資料の写真にも、花束が写っていた。つまり、殺人事件が起きたときには、すでにあの花束があったということだ」

大悟は写真を見たときに、花束などには気づかなかった。

「じゃあ、あの花束は、殺人事件の被害者のためのものじゃないということですね」

「違うな。その前に起きた事故か何かの被害者に捧げたものだろう」

大悟は、写真の中の花束に気づいていたかどうか尋ねようと、細島を見た。細島は、茫《ぼう》然《ぜん》と立ち尽くしている。

「どうかしましたか？」

細島は奇妙な表情のまま答えた。

「僕はたしかにここに来たことがある……」

大悟は驚いた。

「本当ですか？」

「ああ、来てみて思い出した」

「それ、いつのことです？」

細島は、周囲をしきりに見回している。記憶をたどっているのだろう。そして、花束のところで、視線を止めた。

しばらくその一点を見つめていた。

「そうだ。思い出した。あの花束があった。おそらく、ここで交通事故があったのだろう。僕は、警察官になり研修で交通課にいたことがある。そのときに、ここにやってきた」

記憶というのは、何かのきっかけで徐々に蘇っていくものだ。それは、大悟にも経験がある。

すっかり忘れていた一連の事柄が、一つの出来事が呼び水になって次々と思い出されるのだ。

警察官というのは、そのことをよく心得ているはずだ。聞き込みのときに、たいていの人は何も覚えていないと言うのだ。だが、丁寧に話を聞いていくと、何かを思い出してくれる。

大悟が尋ねた。

「研修でやってきたということは、警察官になったばかりの頃のことですね?」

「そう。宮前署に配属になる前だから、もう八年ほど前のことだ。不思議なことにすっかり忘れていた……」

「記憶なんて、そんなものよ」

里美が言った。「問題は、どうして最近になってここの景色を夢に見るようになったか、ね……」

「それについては、心当たりがある」

細島が言った。「一ヵ月くらい前のことだ。二係の会議で、継続捜査の洗い直しをやったんだ。人事異動で、捜査員が入れ替わるし、人員の振り分けを常に考え直さなければならない。継続捜査については、定期的に見直されるんだが、そのときに、ここで起きた殺人事件について話題になったんだ。僕は、ぼんやり説明を聞いていただけだけど、そのときに無意識のうちに、ここに来ていたことを思い出していたのかもしれない」

大悟が言った。

「つまり、その会議が潜在意識を刺激することになって、夢に見るようになったと……」

「そういうことなのかもしれない」

その会話を聞いていた数馬が言った。

「どんなに不思議に思える出来事でも、ちゃんと調べれば、そういうふうに合理的な説明がつくもんなんだ」

細島は、安堵《あんど》の表情で言った。

「いや、すっきりしました。何度も同じ場所を夢に見るので、本当に気味が悪かったんです。R特捜班に相談してみてよかったです」

大悟もほっとしていた。

心霊現象などではなかったということだ。つまりは、記憶のいたずらでしかなかった。人の記憶というのは、里美が言ったとおり、曖昧なものだ。

これで一件落着だ。大悟は早く引き上げようと思った。そのとき、番匠が細島に言った。

「その殺人事件ってのは、たしか三十五歳の営業マンが殺害されたんだよね」

細島は番匠に言った。

「覚えておられますか？」

「詳しい経緯は覚えてないけど、いちおう県内で起きた殺人事件だからね……」

「俺はまったく覚えてないな」

鹿毛が言った。「詳しく教えてよ」

日が傾いてきていた。こういう場所では太陽が林の陰に隠れてしまうので、日が早く暮れてくる。

大悟は暗くなる前に引き上げたかった。ここは殺人現場だ。そして、花束が置いてあるということは、殺人事件以外にも人が死んでいるということだ。

ひどく恐がりな大悟は、そんな場所に暗くなるまでいたくはなかった。だが、R特捜班の連中は、なぜか急に殺人事件に興味を持ちはじめた様子だった。

細島が話しはじめた。

「番匠係長が言われたように、被害者は、三十五歳の会社員です。営業車で移動中に、ここで別の車と何かのトラブルにあったと考えられています。死因は、刃物による刺し傷です」

「行きずりの犯行か……」

数馬がうめくように言った。「一番お蔵入りになりやすいパターンだな」

鹿毛が細島に尋ねた。

「被害者は、営業車に乗っていたと言ったよね」

「ええ。被害者がつとめていた会社で確認済みです。当日、被害者は間違いなく会社の車に乗っていました」

「その車は現場にあったの？」

「ありませんでした。おそらく持ち去られて、処分されたのだと思います。犯人が、トラブルの原因の発覚を恐れたのだと思います」

「つまり、車同士の接触か何かが原因だったってわけ？」

「担当の捜査員たちはそう見ています」

「証拠の隠滅《いんめつ》か。頭の回る犯人だな」

数馬がそう言うと、鹿毛が皮肉な笑いを浮かべた。

「みんなサスペンスドラマとか見てますからね。それくらいのことは知ってますよ」

細島がさらに言った。

「こんな場所ですからね。目撃者が見つからなかったんです。目撃証言なし、行きずりの犯行なので、交友関係からの犯人割り出しも絶望的……。それで、結果的に一年が経過しました」

「目撃者なしね……」

番匠が言った。「こういう事件ではけっこう致命的だな……」

「捜査はいいところまでいくんですが、結局行き詰まるんです」

細島が説明した。「決定的な証言がないもので……」

「それで……」

番匠が尋ねた。「今の捜査状況は？」

「徐々に人員が削減されていきまして、今現在の専任は二人だけです」

鹿毛が言った。

「お蔵入りを待つばかりか……」

細島がちょっとむっとした様子で言った。

「担当の捜査員たちは必死ですよ」

鹿毛は、さっと肩をすくめただけで何も言わなかった。

周囲はだんだん暗くなってくる。大悟は一刻も早くこの場を離れたかった。

「そういう話なら、県警本部かどこかでできるじゃないですか」

番匠が大悟を見て言った。

「本部にはあまり顔を出したくないなあ」

R特捜班は、県警本部の所属だ。鎌倉署に常駐しているのは、心霊現象に関する通報が多いからだ。古都には怪談の類が付きものだ。

R特捜班がどういう経緯で組織されたか、大悟は知らない。だが、細島がいつか言ったように、落ちこぼれを集めてやっかい払いしたという噂がある。

「とにかく、もう引き上げましょうよ」

大悟が言うと、里美が言った。

「そうね。細島さんの妙な夢の理由もわかったことだし、今、あたしたちがここでできることはないかもしれない」

「そうだね」

番匠が言った。「勤務時間も終わる。このまま直帰でもいいよ」

細島は、大悟とともに鹿毛のランドクルーザーに乗った。

「あれ……」

細島がつぶやいた。大悟が尋ねた。

「何です？」

「今、あそこに、若い女の人がいたよね？」

「どこです？」

「あの花束の近くだけど……」

大悟はそちらを見た。

「誰もいませんよ」

「そうかな、こっちのほうを見ていたような気がするんだけどな……」

鹿毛は何も言わずに車を出した。

3

それから、一週間が経った。大悟は、細島の夢の話など忘れかけていた。

突然、細島が刑事総務課を訪ねてきた。

「R特捜班に礼を言いたいんだ。付き合ってくれないか」

「礼……?」

「彼らのおかげで、あの事件が解決するかもしれない」

細島は上機嫌だ。訳がわからなかった。

「どういうことです?」

「ようやく目撃証言が得られたんだ」

「それがR特捜班とどういう関係があるんですか」

「詳しいことは、R特捜班のところで話す」

細島はいつになくうれしそうだ。どうして、あの事件が進展して細島が喜ぶのだろう。細島は、あの事件の担当ではなかったはずだ。

だが、ここであれこれ尋ねていても仕方がない。細島の勢いに押されるままに、大悟は言った。

「わかりました。行きましょう」

R特捜班の部屋に着くなり、細島は話しはじめた。

「やっぱり現場には足を運んでみるものです。いや、皆さんがおっしゃるとおり、これは虫の知らせだったのかもしれません」

鹿毛が言った。

「何の話をしているのか、さっぱりわかんないんだけど……」

「皆さんと現場に行った翌日に、僕一人で行ってみたんです」

「なんで……？」

番匠が尋ねた。「担当じゃないんでしょう？」

「妙に気になったんですよ。刑事の勘てやつですかね」

「何が？」

「岩切君は覚えているよね、あの日、帰り際に僕が若い女性を見たと言ったの」

「ええ」

大悟はこたえた。「覚えてます」

「その女性のことが妙に気になったんです。あのとき、何か僕たちに話したそうにしてたように感じたんです。だから、ダメもとで次の日に現場に行ってみたんです。そしたら、また彼女に会えたんです」

「ほう」

番匠の表情は変わらない。いつもの眠たげな顔だ。「それで……？」

「なんと、彼女は、事件のことを目撃していたと言うんです」

「何者なの、その人」

「名前も住所も教えたくない。それを条件に、見たことをすべて話すと言われました」

番匠が眠たげな表情のまま言う。

「名前も住所もわからないんじゃ、証言として役に立たないじゃない」

「大切なのは、彼女の目撃した事実から捜査が進展したということです。彼女は、犯人が乗っていた車の車種や色、そして、四桁のナンバーを覚えていたんです」

ようやく番匠係長が怪訝そうな顔をした。

「そんな重要なことを、今まで黙っていたわけ？」

「ずいぶん迷ったと言ってました。でも、なんだか恐くて警察に通報する気になれなかったと言うんです。現場を調べている僕たちを見て、ようやく話してみる気になったらしいです。いや、ホント、現場って行ってみるもんですね」

「捜査が進展したと言ったね」

番匠がさらに尋ねる。「法的に有効でない目撃証言なのに……？」

「彼女が目撃した車の記録が見つかったんです。その車も、売却されていました。でも、もとの持ち主がわかったんです。そこから、たどっていき、容疑者が絞れました。今捜査一課では、捜査員を増員して捜査に当たっています。じきに容疑者の身柄を確保できるでしょう。いや、今回はR特捜班のおかげで手柄を立てさせてもらいました」

「手柄を立てた本人が、捜査に加わらなくていいの？」

「専任だった二名にほかの係が加わって担当します。これだけ捜査が進展したら、継続捜査の二係はお役ご免ですよ」

「なるほど……」

番匠は、ちらりと数馬のほうを見た。数馬はかすかにうなずいた。

大悟はその二人のやり取りが気になった。鹿毛と里美もその微妙なやり取りに気づいたようだった。

　里美が言った。

「あたしたちも、その目撃者に会ってみたいわね」

　細島は、嬉々とした様子で言った。

「そうしてくれますか？　彼女も喜びます」

　里美が尋ねた。

「連絡が取れるの？」

「また会う約束をしました。彼女にもお礼をしないと……」

「会う約束？　それはいつ？」

「明後日ですけど……」

「その日は、彼女のほうから指定してきたの？」

「ええ。携帯電話も持っていないというし、住所も訊かないでくれと言われたので、こちらからは連絡が取れませんから……」

　里美はうなずいた。

「わかった。あたしたちもいっしょに行くわ」

「そうしてくれると助かります。係長にも言われているんですよ。名前も住所も知らない目撃者じゃどうしようもないって……。でも、皆さんが会ってくれれば、彼女が実在の人物だってことがはっきりするし……」

なんだか話の雲行きが怪しいと大悟は感じた。

実は、名前も住所も言いたがらない目撃者というのは、それほど珍しいことではない。容疑者から怨みを買ったりしないために、異常なくらいに用心する場合がある。

だが、今回のケースはそれとは違うような気がする。彼女が実在するかどうかを証明したいのなら、R特捜班ではなく、二係の誰かを連れて行けばいいのだ。

細島はそれにまだ気がついていない様子だ。それがおかしい。

「明後日ね」

里美がカレンダーを見た。そして、細島に尋ねた。

「この日付に、何か思い当たることはない?」

細島が怪訝そうに里美を見た。

「それはどういう意味ですか?」

「言ったとおりの意味よ」

「その日付に特別なことがあるとは思えませんが……」

「あの場所に行ったことも忘れていたんでしょう? 何か思い出すことはない?」

細島は、困惑の表情でしばらく考えていた。

「いや、何も思い出せないな」

「そう」

「まあ、とにかく行ってみよう」

番匠が言った。「俺もその人に会ってみたい。その人、美人なのか？」

細島が急に照れた様子を見せた。

「ええ、まあ美人です」

その言葉以上であることが、態度から読み取れた。

「じゃあさ」

鹿毛が言った。「お礼に花束とか持っていったほうがいいよ」

「花束ですか」

細島が慌てた様子で言った。「いや、それはいくらなんでも……。なんだか大げさじゃないですか」

里美がほほえんで言った。

「お礼がしたいんでしょう？　小さな花束でいいの。そういうの、女の子はうれしいものよ」

「はあ……」

細島はしきりに照れていた。「花束かあ、いや、参ったなあ……」


その翌日、容疑者の身柄が確保された。

容疑者は、茅ヶ崎《ちがさき》在住の二十一歳の土木作業員で、もと暴走族のメンバーだった。当初、捜査陣が考えていたとおり、車の接触に端を発するトラブルで、容疑者は同乗していた仲間と二人で、被害者を殺害した。

被害者が乗っていた車を持ち去り、すぐに処分した。容疑者が乗っていた車もすぐに売却。車の処分を請け負った業者は、容疑者たちの仕返しを恐れて口をつぐんでいたという。

この容疑者の身柄確保は、神奈川県警の大逆転勝利と言えた。

殺人などの凶悪事件というのは、比較的早く解決する。被害者と犯人の人間関係が濃密な場合が多いからだ。いわゆる鑑《かん》が濃いというやつだ。

だが、行きずりの殺人は面倒だ。鑑取り捜査が期待できないからだ。目撃情報や物的な証拠に頼ることになるが、捜査が難航することが多い。

つまり、早期解決しない凶悪犯罪事件というのは、お蔵入りも覚悟しなければならないのだ。

一年も経ってから、容疑者を確定して身柄確保できるというのは、警察にとって快挙なのだ。捜査一課は、おおいに盛り上がったに違いないと大悟は思った。そのきっかけを作ったのが、細島なのだ。彼が舞い上がるのも無理はない。そのせいで、目撃証言を得るまでの不自然さに気づいていないのかもしれない。

大悟はそっと溜め息をついていた。

R特捜班が自らの意志で動きはじめたということは、つまり、そういうことなのだ。

4

指定された時刻は、午後三時。大悟は、先日と同様に鹿毛の車に乗っていた。番匠と里美は数馬の車に同乗している。

二時五十分に現場に到着した。まだ、細島は来ていない。

運転席の鹿毛が道路端に置かれた花束を見ていた。先日見たものではなく、誰かが新しいものと取り替えたようだ。

「何か見えるんですか?」

大悟は怯《おび》えながら尋ねた。

「うん」

「何が見えるんです？」

「花束」

「あのとき、僕には誰も見えませんでした」

「あのとき……？」

「この間、ここに来たときに細島さんが言ったでしょう。若い女性がいるって……。僕には見えなかったんです」

「俺だって見てない」

「本当ですか？」

「おまえに嘘《うそ》言ってどうなるんだよ」

大悟は、口をつぐんだ。

それからすぐに、細島が車でやってきた。銀色のワゴン車だ。

彼は、小さな花束を持って運転席から降りて来た。

R特捜班の面々と大悟が近づいていくと、細島は照れくさそうな顔で言った。

「本当に花束を持って来ちゃったけど、大げさじゃないかな？」

里美がほほえんで言った。

「ちっとも大げさなんかじゃない。彼女、きっと喜んでくれる」

「そうですか？」

「彼女は車で来るのかな？」

番匠が尋ねた。「このあたりは、交通の便もないし……」

「この林の向こうに住宅街があって、そこから散歩がてら歩いて来るんだと言ってました」

細島が指さした。

「林の向こう……？　ずいぶん距離がある。歩くと三十分以上はかかる」

「彼女は慣れていると言っていました」

大悟は落ち着かない気分になってきた。

「来た……」

細島が笑顔で言った。「ほらね、いつもこうして歩いて来るんです」

R特捜班の連中はいっせいに、細島の視線の先を追った。

「やあ、今日は君と会うきっかけを作ってくれた仲間を連れてきたけど、かまわないよね」

里美が言った。

「あたしたちは、だいじょうぶ。何もしないわ」

数馬が言った。

「そう。俺たちは何もしない。ただ、話がしたいだけだ」

鹿毛が言った。

「嫌なら、俺たちはすぐに消えるぜ」

細島が笑顔で語りかける。

「君が本当に目撃したんだということを、ほかの人にも信じてもらいたかったんだ。この人たちなら安心だ」

番匠は何も言わず、ただ彼らのことを眺めている。

そして、大悟も声をかけることはできなかった。

なぜなら、細島や里美たちが話しかけている空間には、誰もいなかったからだ。彼らは、誰もいないところに向かって話をしている。

いや、番匠や大悟が見えない誰かに話をしているのだ。

大悟は縛りつけられたようにその場に立ち尽くしていた。目の前の出来事を、どう解釈していいかわからない。彼らが悪ふざけをしているのかとも思った。だが、その表情はとてもそうは見えなかった。

細島の声が聞こえてきた。

「お礼を言いたかった。ニュースで知ってるかもしれないが、君のおかげで容疑者を逮捕することができた。本当に感謝している」

里美が言った。

「そう。やっぱり今日という日は、特別な日だったのね」

細島がちょっと怪訝そうな声で言う。

「え……。僕たちが初めて会った日……？　前に会ったことがあるのか？　申し訳ないが、記憶にない。まあ、以前にここに来たことすら忘れていたんだから、僕の記憶はあてにならないんだ」

それから、細島は、手にしていた花束を差し出した。

「これね、お礼にと思って持ってきたんだ。いや、どうも照れくさいけど、この人たちが持ってきたほうがいいって言うから……」

里美が細島のほうを見て、悲しそうな顔で告げた。

「その花束は、そこに置いてあげて」

里美は、別の花束が置かれている場所を指さした。

「え……？」

細島が理解できないという顔で里美を見る。

里美が言った。

「それでいいの」

細島は、しばらく立ち尽くしていた。やがて、言われるままに花束を古い花束の上に重ねて置いた。

「ごめんね」

里美が二つの花束に向かって言った。「この人とは、いっしょにはいられないの」

立ち上がり振り返ると、細島はあたりを見回した。

「あれ、彼女は……？」

里美が優しいほほえみを浮かべていた。

「彼女は行ったわ」

「行った……？　帰ったのか？」

数馬が言った。

「そう。帰るべきところに帰った」

細島は、茫然と佇んでいた。

鹿毛が言った。

「あんたが成仏《じょうぶつ》させてやったんだよ」

R特捜班は、やるべきことをやった。大悟はそう思っている。もし、細島の奇妙な夢のことを誰かが本気で考えなければ、殺人事件は解決しなかった。

そして、それがR特捜班でなければ、何が起きていたか気づかなかっただろう。だが、殺人事件の捜査に関して、R特捜班が果たした役割について公式に記録されることは、決してない。

R特捜班には、日常が戻ってきていた。つまり、みんな退屈しているというわけだ。

大悟が定期的な連絡事項を持ってR特捜班を訪ねているときに、また細島がやってきた。

「本当にお世話になりました」

番匠が細島に言った。

「俺たちは何もやってないよ。ただ、あんたにくっついて行っただけだ」

「あれから、あそこの花束について調べてみました。八年前に交通事故で死亡した若い女性がいたということです。山菜採りにあの林に行き、道を横断しようとしたときに車に轢《ひ》かれたということです」

番匠が尋ねた。

「身元は……？」

「彼女が言ったとおり、あの林を越えたところにかつて自宅があったようです。その後、ご家族も引っ越して、一帯が開発されました。でも、その事故のことを知っていた昔のご近所の方が今でも時々花束を置いてあげてるんだということです」

「名前もわかったんだね？」

「わかりました。でも、彼女は名前も住所も知られたくなかったようなので、できれば僕の胸だけにしまっておきたいのですが……」

番匠はうなずいた。

「かまわないよ。殺人事件も解決したんだしな」

「わからないことがあるんで、教えていただきたいんですが……」

「何だね？」

細島は、里美のほうを見て言った。

「彼女が指定してきた日付。あれに何か意味があるかもしれないというようなことを言っていたでしょう？　なぜ、そう思ったんです？」

「別に……。ただそう思っただけ」

「彼女の気持ちがわかったんですね？」

「まあ、一般的な意味で女心はわかるわよ」

「彼女は、僕たちが初めて会った日だと言ってました。あれはどういうことなんですか？」

「思い出してよ。警察官になったばかりのとき、交通課の研修であそこに行ったのよね」

「そうでした」

「彼女の事故が八年前。あなたが、研修であそこに行ったのもおそらく八年前」

「でも、僕はあそこに事故の処理や捜査で行ったわけじゃないんですよ。交通事故が起こりやすい地形ということで、講習を受けていたんです」

「講習ね……。でも、何かがあったはずよ」

細島は、かぶりを振った。

「あのときは、ただ現場で言われたことをやるだけで精一杯でした。先輩の交通課の人にくっついて歩き回っていただけでした。実は何も覚えていないんです」

鹿毛が言った。

「研修のときなんて、そんなもんだろうな。でも、彼女のほうは覚えていた」

「どうしてでしょう……」

里美が言った。

「研修のときに、あなた何か特別なことをやらなかった?」

細島はしばらく考えていた。やがて、彼はぽつりと言った。

「そうか、花束だ。研修を受けたときに、すでにあそこには誰かが花束を置いていた。僕はそれに気づいたんです。ああ、誰かが事故か何かで亡くなったんだなと思いました」

「それで……?」

「僕、その花束に手を合わせたんです。ただ、それだけですよ」

里美がほほえんだ。

「彼女はそれがうれしかったのよ」

「あの子は、あそこに縛りつけられていた」

数馬が言った。「あそこから離れられずにいたんだ。だから、当然殺人事件も目撃していた」

「それ、地縛霊とかいうんですよね」

「だからさ」

鹿毛が数馬に言った。「死んだ後だって、そこにいたいんならいればいいじゃない」

「ばか。それは霊が本来いるべき場所じゃない。それだけ苦しむことになるんだ」

「頭、固いなあ」

「おまえがいい加減なんだ」

数馬と鹿毛を無視して、里美が言った。

「彼女は、殺人事件を目撃していた。それを誰かに知らせようとしていたに違いない」

「でも……」

細島が言った。「どうして急に夢を見るようになったんでしょう。それまでは、まったく気にしていなかったのに……」

「チャンネルが開いたのよ」

「チャンネル……？」

「彼女はあなたにずっと呼びかけていた。でも、その思いは届かなかった。あなたが、会議であの現場の写真を見たときに、初めて彼女の思いを受け容れるチャンネルが開いたのね」

「どうして、現場で姿を見せたように、僕の前に現れてくれなかったんだろう」

「彼女はあそこから動けなかった。それにね、突然あなたの目の前に現れて、殺人事件を目撃したと言っても、あなたは信じなかったでしょう」

細島は、しばらく里美を見つめたまま考えていたが、やがてうなずいた。

「そうですね。こうして事態が順を追って動いていかなければ、僕は彼女のことを信じなかったかもしれません」

それまでじっと細島の話を聞いていた番匠が、唐突に尋ねた。

「いつ、気づいたの？」

「え……？」

「彼女がこの世の者でないこと、気づいていたんでしょう？」

この言葉に、大悟は驚いた。

細島がこたえた。

「最初に皆さんと現場に行ったときのことです。すっかり忘れていたことを思い出すというのは妙な気分です。そのときから、何か変なことが起きているという気がしていました。そして、その日、現場を去る直前に彼女の姿を見ました。そのときには、うすうす普通じゃないなとは思っていました」

「あんた、それを受け容れたんだね？」

「心霊現象なんて、今でも受け容れる気にはなれません。現実だとはとても思えない。でも、二度目に彼女に会ったときに、彼女のために受け容れようと決めたんです」

「その気持ちが」

里美が言った。「彼女を成仏させたのね」

「俺には彼女の姿は見えなかったし、声も聞こえなかった」

番匠は言った。「霊が実在するのかどうかも、俺にはわからない。だが、今はR特捜班の班長をやっている。だから、仕事だけはちゃんとやらなきゃならない」

細島が番匠に言った。

「R特捜班は、いい仕事をなさいました。僕はそう信じています」

大悟も、いまだにどうやってR特捜班と付き合っていけばいいのかわからずにいる。だが、少なくとも今の細島の言葉は心に響いた。

うれしかった。

狐憑き

1

「狐憑《きつねつ》きだって？」

数馬史郎《かずましろう》に睨まれただけで、岩切大悟《いわきりだいご》は、たじろいでしまった。数馬は、三十五歳の巡査部長だが、妙な迫力がある。

背が低く体格が決していいわけではないが、眼光が鋭く、全身から威圧感のようなものを感じるのだ。滅多に笑わないことも影響しているかもしれない。

「いえ、ですからね……」

大悟は、なんとかうまく説明しようと試みた。「殺人事件なんですよ。女子高校生の遺体が見つかり、初動捜査の結果、殺人と断定されたわけでして……」

「その事件の被疑者が、狐憑きだというのだな？」

数馬に問いただされて、大悟はさらに落ち着かない気分になった。

「被疑者ではなく、まだ参考人の段階なのですが、関係者のそういう証言があったんです」

「関係者というのは？」

「参考人の家族です」

数馬は、しばらく無言で大悟を見つめていた。大悟は、なんだか自分がひどくつまらないことを話しているような気持ちになってきた。

やがて、数馬は、部屋にいるほかの面々に尋ねた。

「どう思う？」

「狐憑きだって言うんだから、そうなんだろう」

どうでもいいという口調でそう言ったのは、鹿毛睦丸《かげむつまる》だった。パンクロッカーのような恰好をしている。とても警察官には見えない。

数馬が溜め息をついた。

「狐憑きなんて、そうそうあるもんじゃない。たいていは、精神的なトラブルを、周囲の人間がそう思い込むんだ」

「あら、シマじゃそういうの、けっこうあったわよ」

比謝里美《ひじゃさとみ》がいつものんびりした口調で言った。彼女は、その名からもわかるとおり、沖縄の出身だ。

数馬がかすかに顔をしかめた。

「おまえの出身地は特別だ」

「あら、特別なんて言われると、ちょっとうれしい」

里美は、長い黒々とした艶やかな髪を自然に垂らしている。大きなよく光る目が印象的だ。

その容貌も、数馬の皮肉をまったく意に介さない天然の性格も、大悟にとっての救いになっていた。

「それで、俺たちにどうしろっていうわけ？」

鹿毛が大悟に尋ねた。「まさか、憑き物落としをやれって言うんじゃないだろうな」

「えーと、それは……」

数馬がまた睨んだ。

「そうなのか？」

大悟は逆に質問した。

「できるんですか？」

数馬はつまらなそうに言った。

「本当に狐憑きならな。低級霊を祓《はら》うくらいのことはできる」

「狐が低級霊とは限らないよ」

鹿毛が言うと、里美もうなずいて言った。

「そうよ。狐や狸はばかにできないのよ。猫だって年をとればけっこうな霊力を持つって言われているし……」

「ばか言うんじゃない。犯罪者に憑くようなのは低級霊に決まっている」

「神道の連中は、すぐそれだ。もともとはシャーマニズムだったくせに。シャーマンも狐憑きもそれほど違いはないじゃないか」

鹿毛が言うと、数馬がむっとした顔になった。

「どうしておまえら密教のやつらは、日本古来の古神道についてそういうでたらめを言うんだ？　勉強不足も甚だしいな。古神道がシャーマニズムだったなんて、事実認識ができていない」

警察署の中でする議論じゃないと、大悟は思った。ここは、神奈川県警鎌倉署にある一室なのだ。

「憑き物落とし、けっこうじゃない」

それまでずっと、黙ってみんなの話を聞いていた係長の番匠京介《ばんしょうきょうすけ》が、まったく緊張感のない口調で言った。「そういう要求があるなら、こたえなきゃならないでしょ。そういう係なんだからさ」

数馬と対照的で、番匠にはまったく威圧感というものがない。だが、彼の一言で、三人の係員たちはぴたりと口を閉ざした。

番匠が大悟に言った。

「鹿毛の質問にこたえてよ。要するに俺たちは、何をやればいいわけ？」

「捜査本部に参加してほしいと……」

「それ、本部の正式な要請なの？」

「どうやら、そういうことらしいです」

大悟は、神奈川県警本部の刑事部に所属している。刑事総務課の刑事企画第一係といって、刑事部内の総合的な調整を担当している。

「殺人事件なんだよね？」

番匠が尋ねる。

「そうです」

「つまり、俺たちに殺人の捜査をやれってこと？」

「捜査本部に参加しろということは、そういうことだと思いますが……」

「本当に狐憑きかどうか、見極めろということだと思いますがね……」

数馬が迷惑そうな顔で言った。番匠が大悟に尋ねる。

「そうなの？」

「いや、詳しいことは、捜査本部で説明があると思います」

「……で、帳場はどこに立つの？」

大悟はびっくりした。

「知らないんですか？　この鎌倉署にできるんですよ。朝からてんやわんやのはずですが……」

「そういや、なんか署内が騒がしかったな……」

「場所は、講堂です」

「わかった。すぐに行くよ。そう伝えてくれ」

先に行けということだ。

「いっしょに来てくれないんですか？」

「先に片付けなけりゃならないこともある」

この係がそれほど忙しいとは思えない。だが、係長にそう言われたら、反論はできない。

「わかりました。できるだけ、急いでいただけると、ありがたいです」

「わかってるよ。ごくろうさん」

大悟は、「R特捜班」と書かれた札がかかった部屋を出た。

女子高校生殺人事件の捜査本部となる講堂に向かう途中、顔見知りに声をかけられた。

大悟より十歳ほど年上の先輩だ。地域係にいるので、制服を着ている。

「おう、岩切。例の帳場で来てるのか?」

「まあ、そうですが」

地域係にいる先輩は、今大悟が出てきた部屋のほうを見て、気づいたように言った。

「そうか、おまえ、R特捜との連絡係をやってるんだったな」

「はい……」

「あそこの連中、本当にみんな霊能者なのか?」

「さあ……。番匠係長は、違うようですけど……」

「……てことは、係長以外はそうだということだな」

「僕にはわかりません」

「俺、地域係にいるだろう。だから、よくわかるんだよ。なんで、あの連中が県警本部からやってきて、鎌倉署に常駐しているか……。この管内は、本当に多いんだよ」

嫌な話になってきた。大悟はそう思った。先輩は、大悟の気持ちなどまったく気にした様子などなかった。

「心霊現象に関する、住民からの届けが絶えないんだ。このあいだなんかも、鎌倉湖に行った夫婦が……」

「あ、すいません、自分、急いで帳場に行かなけりゃならないので……」

「そうか。面白い話なんだけどな……。まあ、そういうわけで、R特捜班がいてくれて、俺たちはおおいに助かっているわけだ」

あやうく、怪談を聞かされるところだった。大悟は、その類の話が大の苦手だ。極端な恐がりなのだ。

そんな自分が、R特捜班との連絡係をやらされているのは、なんという皮肉だろうと、いつも思っていた。


R特捜班の一行は、夕方の捜査会議の直前に、捜査本部に現れた。

大悟は、鹿毛に言った。

「遅かったじゃないですか」

髪の毛をハードジェルでつんつんに固めた鹿毛が言った。

「早く来たって、することないじゃん」

「捜査会議の前に、事件についてのあらましを聞いておくとか……」

その会話を聞いていた番匠が言った。

「資料を読めばわかるよ。どうせ、捜査会議で確認するんだろう」

「そりゃそうですが……」

捜査本部長は、県警本部の刑事部長だ。副本部長が、鎌倉署長。二人とも、席を外している。多忙な彼らは、捜査会議以外はここにはやってこない。

その代わりに捜査主任である、県警本部捜査一課長が仕切っている。捜査一課長は、米谷賢一《たにけんいち》警視。その他、理事官やら管理官やら、大悟から見れば雲の上の人たちが睨みを利かせている。

その偉いさんたちの一人が、声をかけてきた。

「おい、R特捜班。待ってたぞ」

捜査一課担当の管理官だ。浅黒い顔で、事務方という雰囲気ではない。吉田《よしだ》という名前の警視だ。

番匠が、捜査本部の雰囲気に似つかわしくないのんびりとした口調で言う。

「俺たちに、お祓いでもやれって言うんですか?」

この人は、階級意識などは持ち合わせていないようだ。大悟は、そんなことを思っていた。ある意味、大物かもしれない。

吉田管理官は、顔をしかめた。

「参考人の狐憑きの話だな。手を焼いているんだ。どう扱っていいかわからない。取り調べすらできない」

「自分らを呼ぶより、まず精神鑑定の専門家を呼ぶべきじゃないですか？」

「もちろんそれも検討しているが、せっかく鎌倉署に君たちが常駐しているのだから、使わない手はない」

鹿毛が、独り言のように言った。

「本当なら、お祓いや祈禱《きとう》は、けっこう金になるのにな……」

明らかに吉田管理官に聞こえるように言っている。吉田管理官は、鹿毛に言った。

「その代わり、安定した給料は望めない。共済組合の恩恵にもあずかれない」

「まあ……」

鹿毛は鼻白んだ。「おっしゃるとおりですね」

やはり、管理官ともなると一枚も二枚も上手のようだ。

「それで……」

番匠が言った。「どういう状況なんです？」

「被害者は、鎌倉署管内にある自宅近くの林の中で、遺体で発見された。昨夜十一時五十分頃のことだ」

「発見者は？」

「被害者の母親。娘が自宅にいないことに気づいて、近所を捜し回ったと言っている」

「通報者も母親ですか？」

「いや、父親だ。母親はひどく取り乱していたらしい」

「死因は？」

「鈍器による頭部の殴打。頭蓋骨《ずがいこつ》骨折に脳挫傷《のうざしょう》だ。即死だったようだ。遺体の近くに、血と頭髪の付いた石が落ちていた。赤ん坊の頭ほどもあるような石だ。付着していた血液と頭髪は、鑑定の結果、被害者のものと断定された。つまり、その大きな石が凶器というわけだ」

「その狐憑きだという人物が、参考人と目されている理由は？」

「昨夜十一時五分に、その人物の携帯から、被害者の携帯に着信があった。その直後に、被害者は、家を出ているようなので、呼び出されたのではないかとの推測があった。鑑取りをしてみると、参考人は、どうやら学校でいじめにあっているらしく、いじめの首謀者は、被害者だったようだ。また、参考人はブログを持っており、A・Sを殺したいという記述があった」

「A・S……？」

「頭文字《イニシャル》だろう。被害者の名前は、下崎亜里砂《しもざきありさ》。頭文字は、A・Sだ」

「いじめか……」

番匠が、まったく深刻さを感じさせない口調で言った。「ま、昨今の若者の言動を鑑《かんが》みますに、動機と考えることはできますね」

本気でそう思っているのかどうか、大悟には判断がつかなかった。吉田管理官もそう感じた様子だった。どこか疑わしげな目で番匠を見ながら、説明を続けた。

「参考人の名前は、市原静香《いちはらしずか》。捜査員は、事情を聞こうと、市原静香の自宅を訪ねた。下崎亜里砂と、市原静香の自宅は、五百メートルほどしか離れていない」

鹿毛がまぜっ返すように言う。

「亜里砂に静香……。どうして、最近の若い娘は、みんなキャバクラのホステスみたいな名前なんだ？」

里美がそれにこたえた。

「親のセンスの問題よ。テレビばかり見て育った世代の子供たちでしょう？」

吉田管理官は二人に取り合わず、さらに言った。

「市原静香の自宅を訪ねた捜査員は、当惑した。両親が言うには、市原静香は狐が憑いたようなので、祈禱師に頼んでお祓いをしてもらっているというんだ」

「ほう……」

番匠は、それだけ言った。吉田管理官は、もっと劇的な反応を期待していたようだ。番匠の相づちがそっけなかったので、吉田管理官は咳払いをした。

「市原静香がおかしくなったのは、一昨日のことだという。彼女の自宅は、三世代同居で、静香の祖母が、これは狐だと言い出し、祈禱師を呼ぶはめになった。一昨日の夜から今朝、捜査員が訪ねるまで、市原静香は、祈禱師と二人で土蔵に籠もっていたという」

「一昨日の夜から今朝まで……？」

ようやく番匠が怪訝そうな顔をした。吉田管理官はうなずいた。

「そうだ。しかも、その間、祈禱師の指示で、土蔵には、外から鍵をかけていた」

「鍵……？　どういうふうに？」

「大きな錠前だ。閂《かんぬき》を通し、それに錠前を取り付けてあった」

「捜査員はそれを確認しているのですか？」

「確認している。捜査員の目の前で家の者が解錠した。すると、中からたしかに、市原静香と祈禱師が出てきたそうだ」

「じゃあ、アリバイ成立ということになりますね」

「アリバイはある。だが、不自然だろう」

「何がです？」

「狐が憑いて、お祓いを受けている最中の者が携帯電話をかけるか？」

「誰か別な人がかけたんじゃないですか？」

「電話はたしかに市原静香が持っていた。土蔵から出てきた彼女が彼女自身の携帯を所持していることを、捜査員が確認している。その携帯の番号は、被害者の下崎亜里砂の携帯に着信していたものだった」

「祈禱師がかけたんじゃないの？」

鹿毛が言った。吉田管理官は、物珍しいものでも見るような眼差しで、鹿毛を見た。パンクロッカーのような恰好を、無言で非難しているのかもしれないと、大悟は思った。

「土蔵の中にいたのは、二人きりだから、当然捜査員もそう考えた。だが、祈禱師はそれを否定した」

「それを信じたわけ？」

「祈禱師が被害者に電話をかける理由がないんだ。祈禱師と被害者の下崎亜里砂とは面識がない。それはすでに確認が取れている」

鹿毛は、外国人のように肩をすくめた。

「じゃあ、市原静香って子がかけたってことでいいんじゃない？」

吉田管理官は、ふと不安げな表情になった。

「狐憑きの状態で、電話かけたりできるもんかね？」

「何だってできるさ」

鹿毛に続いて、数馬が言った。

「問題は、アリバイでしょう。外から錠前を付けて鍵をかけていたというのなら、市原静香は犯人じゃないということになります」

「壁抜けか何かをやったんじゃないかと言い出す捜査員もいてね……」

数馬があきれた顔をした。

「壁抜け？」

「狐憑きなんだ。特殊な能力を発揮したのかもしれないじゃないか」

「狐憑きと言われる現象のほとんどは、ヒステリーやそのほかの精神的な疾患なんですよ。壁抜けなんてできるはずがない」

「だが、稀に本当の狐憑きというのは、あるんだろう？」

「ええ、そりゃまあそうですが……」

「とにかくさ」

番匠が言った。「その市原静香って子に会いに行ってみようじゃない」

2

鎌倉には、まだ古い屋敷がけっこう残っており、その中には、土蔵を持っている家も少なくない。

市原静香の自宅もそうだった。典型的な日本家屋だが、どこか洋館のような趣きも感じられるのは、鎌倉らしいおしゃれ心だろうか。

門柱についているインターホンのボタンを押すと、女性の声で返事があった。大悟が来意を告げると、ほどなく玄関の引き戸が開く音がした。

「静香は、まだ話せるような状態じゃありませんが……」

そう言ったのは、四十代半ばの女性だ。

「お母さんですか？」

「はい」

「まだ話せるような状態じゃないというのは、あの……、あれのことですか？」

「はい。狐が憑いたのだと、義母《はは》は申しておりますが……」

「一昨日からだそうですね？」

背後から、番匠の声がした。

市原静香の母親は、大悟の肩越しに番匠の顔を見た。

「はい」

「以前にもそのようなことはありましたか?」

「そのようなことって、娘に狐が憑いたことですか?」

「ええ」

「いいえ、今度が初めてです」

「お会いできますか?」

「ですから、会っても話ができるような状態じゃないんです」

「それでもいいんです」

市原静香の母親は、怪訝そうな顔をした。不思議に思うのも当然だと、大悟は思った。こうした捜査のことを「聞き込み」というくらいだから、まず話を聞くことが第一なのだ。話ができなくてもいいから会いたいというのは、理解できないだろう。

それでも市原静香の母親は、大悟たちを家の中に招き入れてくれた。市原静香は、自室にいるという。襖《ふすま》の向こうから、唸《うな》るような声が聞こえる。

「静香。開けますよ」

母親が言って襖を開ける。襖の向こうの部屋は、若い女性特有の甘い匂いがした。だが、そこにいた少女は、明らかに異様だった。

両膝を立てて尻をぺたりと床につけ、その膝の間に両手をついている。まるで、犬が座っているような恰好だった。上目遣いに部屋の中を覗き込んでいる人々を睨みつけている。

喉の奥からは、獣が唸るような声が聞こえてくる。威嚇《いかく》しているようだ。

「どうだ？」

番匠が、R特捜班の三人に尋ねた。最初にこたえたのは、鹿毛だった。

「いや、どうだって言われてもねえ……」

「本当に憑いているのか？」

番匠にさらに尋ねられて、鹿毛は里美に尋ねた。

「どう思う？」

「まあ、いかにも狐でございって感じだけど……」

数馬が何か言おうとしたとき、厳しい叱責の声が聞こえた。

「そこで何をしてるのです」

大悟は驚いて声のほうを見た。きっちりと和服を着た老婆が、大悟たちのほうをはたと見据えていた。

「あ、おばあちゃん……」

静香の母親が言った。つまり、彼女の義母だ。

「その方たちは、何者です？」

静香の祖母が尋ねた。

「あの……。警察の方です」

警察と聞いても、静香の祖母の厳しい眼差しに変化はなかった。

「警察が、静香に何の用です」

大悟は慌てて言った。

「あの……、下崎亜里砂さんが、亡くなった件で、ちょっと……」

「静香は、話などできる状態ではないと、小枝子《さえこ》が言いませんでしたか？」

小枝子というのは、静香の母親の名前だろう。

「はあ……。うかがっておりましたが……」

「そんな姿を見られるなんて、静香が不憫《ふびん》です。すぐに襖を閉めてください」

「すいません」

大悟が襖を閉めようとすると、番匠がそれを手で制した。

「おばあさん」

番匠は、襖を押さえたまま言った。「祈禱師を呼ばれたのは、あなたですね」

「それが、どうしました」

「どうして狐憑きだと思ったのです？」

「長年生きていれば、いろいろなことを経験します。実は、この家で狐憑きになるのは、静香が初めてではありません」

「なるほどね……」

鹿毛が言った。「狐持ちか……」

静香の祖母は、いかにも胡散《うさん》臭げに鹿毛を見た。

「たしかに、わが家は狐持ちの家柄です。そのおかげで、昔はおおいに繁栄し、こうした屋敷を残し、蔵を建てることができたのです」

「おかしいな……」

「何がです？」

「狐持ちならば、狐に守られているはずだ。こんな低級な霊に憑かれるはずがない」

祖母の表情が変わった。

「あなた、何者です」

「言ったでしょう。警察ですよ」

「警察が、どうしてそんなことに詳しいんです」

番匠がこたえた。

「私ら、いちおう県警本部の刑事部にいるんですけど、ちょっと特殊な事件を扱う班なんです」

「特殊な事件……」

「そう。心霊現象がらみの事件を担当してるんですよ」

静香の祖母は、表情を引き締めた。

「とにかく、その襖を閉めてください。事件のことで、おいでになったのでしょう。ならば、静香は関係ありません。なにせ、事件が起きたときは、蔵の中にいたのですから……」

「そうらしいですね」

番匠が言う。「そして、蔵には外から錠前を付けて鍵がかけてあった……」

「そのとおりです」

「今朝、捜査員がこちらにうかがうまで、一昨日からずっと蔵に籠もっておいでだったわけですか?」

「そうです」

「その、蔵を見せていただけますか?」

小枝子が不安げに静香の祖母を見ているのに気づいた。祖母は、こたえた。

「いいでしょう。こちらです」


静香の祖母の名は、弘恵《ひろえ》といった。年齢は、七十一歳。毅然とした様子や、彼女に対する小枝子の態度から、この家での立場を容易に理解することができた。

弘恵の夫、つまり、静香の祖父は他界しており、市原家の実権を掌握《しょうあく》しているのは、間違いなく弘恵のようだった。

蔵は、母屋のすぐ脇にあった。昔ながらの白い壁の土蔵だった。頑丈な鉄製の観音開きの扉があり、そこに大きな錠前がぶら下がっていた。

この錠前で扉を閉ざし、静香と祈禱師を閉じこめていたのだろう。鹿毛がその錠前をしげしげと見つめていた。

「触るなよ」

数馬が言った。「場合によっちゃ、指紋を取ったりすることになるかもしれない」

それを聞き留めて、弘恵が言った。

「それは、どういうことです?」

数馬は、厳しい表情で言った。

「殺人事件ですからね。そういうこともあり得ます」

弘恵は、すいと数馬から視線をそらし、鉄の扉を開いた。土蔵の中は暗かった。弘恵が入り口の脇にあるスイッチを入れると、裸電球が灯った。

壁際に古い箪笥《たんす》があった。その周囲には、大きな木箱やら行李《こうり》やらが積まれており、うっすらと埃《ほこり》をかぶっている。細長くて急な階段があり、上へと続いていた。

「この上は？」

番匠が弘恵に尋ねた。

「屋根裏部屋があります。主人が生前、書き物などをするときに籠もっておりました」

「拝見してよろしいですか？」

「だめだと申しても、ごらんになるのでしょう？」

「まあ、そういうことです」

番匠が階段を昇っていった。大悟もそのあとに続いた。

笠をかぶった電球がぶら下がっている。畳が敷いてあり、四畳半の部屋になっていた。

「窓はありませんね」

大悟が言うと、番匠はうなずいた。番匠もその点を確認したかったはずだ。

飴色になった畳の上には、文机と小さな箪笥や書棚があった。書物はこの部屋の主が生きていたときのままに置いてあるようだった。

大悟たちが下に下りると、里美が言った。

「謎が一つ解けたわ」

大悟は、思わず里美を見つめた。

「謎……？」

「一昨日から今朝まで、静香さんと祈禱師がずっとここに籠もっていたわけでしょう？トイレはどうしたのかって、ずっと気になっていたの」

「トイレですか……」

「あら、大事なことよ」

「どういうふうに謎が解けたんですか？」

「この蔵には、トイレがついているの」

里美が、蔵の柱の向こうを指さした。たしかに、その一角は、壁で囲われており、扉がついていた。

里美はさらに言った。

「ちゃんと水洗よ」

「蔵にトイレが……？」

大悟は、弘恵を見て言った。弘恵はこたえた。

「主人は、屋根裏部屋に寝泊まりすることもありましたので、取り付けたのです」

「なるほど……」

「狐が憑いたときなどにも使えますし……」

どこか皮肉な口調だった。

蔵には明かり取りもなかった。つまり、窓から抜け出すこともできなかったというわけだ。

錠前で扉が閉ざされていたということは、ここから出ることはやはり無理だったということだ。捜査員の誰かが言ったとおり、壁抜けでもしない限りは、犯行は不可能だ。

「もう、よろしいでしょう」

弘恵が言った。大悟は、番匠を見た。番匠が言った。

「ええ、ご協力、どうもありがとうございました」

蔵を出ると、数馬が弘恵に言った。

「お祓いをした祈禱師に会ってみたいんですが、連絡先を教えていただけますか？」

弘恵は、冷ややかに数馬を見た。

「祈禱師に何の用です？」

「心霊特捜班としては、やはり話を聞いておきたいわけです」

弘恵は、しばらく数馬を値踏みするように見つめていたが、やがて言った。

「部屋に戻れば住所と電話番号がわかります」

「お願いします」

弘恵が祈禱師の連絡先を取りに部屋に戻ると、入れ違いで、小枝子が近づいてきた。表情は暗かった。娘が妙なことになってしまった。そのせいだろうと、大悟は思った。

番匠が小枝子に尋ねた。

「静香さんが、学校でいじめにあっていたことは、ご存じでしたか？」

小枝子は沈痛な面持ちでこたえた。

「知っておりました。半年ほど前から、学校に行きたがらなくなり、部屋に籠もりがちになりました」

「ブログを持ってらしたことは……？」

「知っていました。作った当初は、趣味の話とかたわいのない話題を書いていましたが、いつしか、いじめのことを多く書くようになりました」

「いじめの首謀者は、亡くなった下崎亜里砂さんだったようですね」

小枝子は暗い表情のままだった。

「そのせいで、警察が娘を疑っていることはわかっています。でも、娘はあんな状態で、しかも、ずっと蔵の中にいたのです」

「それを証言されているのは、ご家族だけなのでしょう?」

家族の証言だけでは、アリバイは成立しない。

「祈禱師の方がずっといっしょでした」

そうだった。だから、数馬は、祈禱師に会う必要があると考えたのだろう。R特捜班も、けっこうまともな捜査をやるじゃないか。大悟はそんなことを考えていた。

そこへ弘恵が戻ってきた。メモ用紙を手にしている。祈禱師の連絡先を書き写してきたのだ。

数馬がそれを受け取って、礼を言った。市原家の門を出ると、大悟が数馬に言った。

「あの子、祓ってあげなくてよかったんですか?」

数馬は、驚いたように大悟を見た。

「なんでそんな必要があるんだ?」

「だって、祓えるんでしょう?」

鹿毛が言った。

「祈禱師の仕事を取ることないじゃん」

まあ、それはそうだが……。大悟は、今一つ納得できない気分だった。

祈禱師の名は、上尾天夢斎《かみおてんむさい》。もちろん雅号だ。本名は、上尾隆則《たかのり》という。修験道《しゅげんどう》系の行者《ぎょうじゃ》で、上尾流を名乗っているが、数馬にそっと尋ねたところ、そんな流儀は知らないと言われた。

総髪で羽織袴《はおりはかま》姿という出で立ちは、いかにも行者らしい。

「また、警察か」

上尾天夢斎は露骨に迷惑そうな顔をした。「今朝ほども、刑事が訪ねて来おったぞ」

案内された部屋には、おそろしく巨大な神棚があった。その前で護摩《ごま》を焚《た》くらしく、それらしい設備が整っていた。

番匠が、笑みを浮かべ、のんびりした口調で言った。

「必要があれば、何度でもやってきますよ」

「それで、何が訊きたい?」

「狐憑きの件です」

「市原の娘だな」

「はい」

「なかなか強情な狐だ」

「落とすのに失敗したのですか？」

「まだ勝負はついておらん。娘の体力がもたんので、しばし休戦というわけだ。事件のこともあるしな。娘は疑われているのだろう？」

「動機はありますし、ブログでは、殺意とも取れることを書いていましたからね。でも、あなたとずっと蔵に籠もっていたのでしょう？　ならば、犯行は不可能だ」

「そう。外から鍵をかけてな。二人っきりで蔵に籠もっていた」

「一昨日の夜から、今朝まででしたね。その間、ずっと憑き物落としをしていたのですか？」

「もちろんだ。不眠不休だった」

「それでも落とせなかった」

「手強《てごわ》い相手なんだ。だが、今度こそ、落としてみせる」

「市原静香さんとずっといっしょだったというのは、たしかですね？」

「たしかだ」

「ずっと二人で、蔵の中にいたのですね」

「そうだ」

番匠は、頭をかいた。

「アリバイが成立しちゃうんだよね……」

「当然だ。あの娘は人殺しなどではない」

番匠が考え込むと、代わって鹿毛が尋ねた。

「憑き物落としって、どうやってやるの？」

上尾天夢斎は、鹿毛を見下したような態度で説明を始めた。

「いろいろな方法があるが、私が主に用いるのは、玄符《げんぷ》を使う方法だ」

「なるほど、玄符ね……」

「玄符を知っておるのか？」

「紙に真言《しんごん》や祝詞《のりと》などを墨で、真っ黒になるまで重ね書きしたお札のことだろう」

「ほう……。これは驚いた。警察官がそんなことを知っているとは思わなかった」

「金床《かなどこ》と金槌《かなづち》を使うんじゃない？」

上尾天夢斎は、目を見開いた。

「そのとおりだ。なんで知っている？」

「修験道系だから、そうじゃないかと思った。金床と金槌を使うのは、役 行者《えんのぎょうじゃ》が入山して修行したと言われる、四国の石鎚山の祈禱法だと言われているよね」

「あんた、何者だ？」

「だから、神奈川県警の警察官だってば」

「こんな警察官がおるとは思わなかった……」

「でも、石鎚山の祈禱法でも、市原静香の憑き物を落とすことはできなかったんだよね」

「次は蟇目《ひきめ》をやるつもりだ。蟇目は知っているか？」

「もちろん。弓を使うんだよね」

上尾天夢斎は、さらに驚いた顔になった。

「そんなものは、あてにならんぞ」

数馬が言った。「動物霊を落とすのなら、唐辛子を燻《いぶ》してその煙を当ててやればいい。マッチも効果がある。憑依《ひょうい》された本人が正体をなくしている場合は、魂呼《たまよ》びをしなければならない。大声で名前を呼んでやるか、何か大きな音を立ててやればいいんだ」

上尾天夢斎は、ぽかんと口を開いて、完全に言葉を失っている。

里美が追い討ちをかけるように言った。

「魂《マブイ》は、ちゃんと拾っておかなけりゃだめよ。マブイを落としたまま何年も過ごしてしまうことがある」

「あんたら……」

上尾天夢斎が言った。「絶対、ただの警察官なんかじゃないだろう」

番匠が言った。

「あなたと市原静香さんが、一昨日の夜から今朝まで、一歩も蔵から出なかったというのは、本当のことですね？」

天夢斎は、憤然とした表情になった。

「何度もそう言っている。私まで疑うというのか？」

「警察はね」

番匠が、さらりと言ってのけた。「疑うのが仕事なんです」

天夢斎は、すっかり毒気を抜かれてしまったようだった。

鹿毛が尋ねた。

「次の憑き物落としは、いつやるの？」

「娘の体力が回復するのを待つ。そうだな、二日後ならやれるだろう」

「二日後ね……」

里美が言った。「うまく落とせるといいわね」

3

　夕刻、刑事たちが聞き込みから戻り、捜査会議が始まった。これまでのところ、今まで明らかになった事実の確認に過ぎなかった。つまり、進展がないということだ。

　捜査員たちの中には、R特捜班のほうを見て何事か囁き合う者もいた。鎌倉署にできた捜査本部なので、大半の捜査員はR特捜班のことを知っている。やはり、気になる存在なのだ。

　会議の終わり際、突然、鹿毛が発言した。

「えーと、司法解剖の結果はまだ？」

　管理官の一人がこたえた。

「大学病院で少し待たされた。まだ、正式なものは届いていない」

「何か、新たな事実がわかるかもしれない」

「解剖するまでもないよ」

　いかにもベテランといった感じの、白髪の捜査員が言った。「凶器は、近くに落ちていた石。死因は頭蓋骨陥没に脳挫傷。一目見ればわかる」

「慎重に調べたほうがいいよ」

白髪の捜査員は、ちょっとむっとしたように言った。

「充分慎重にやってるよ」

「本当にそうならいいんだけどね」

「なんだい、何かお告げでもあったのか？」

ばかにしたような口調だ。

「そう。狐のお告げがね」

白髪の捜査員は、さらに憤りを露《あら》わにした。鹿毛になめられたと感じたのだろう。

「狐憑きだと？　ふざけやがって。あの娘のアリバイを崩せば、一件落着だ」

管理官の一人がたしなめるように言った。

「予断は禁物だよ。少年が関わる事件だ。慎重にやらなければならないというR特捜班の言い分ももっともだ」

少女であっても、法律上は、少年という言い方をする。

白髪の捜査員は、鹿毛のほうを睨みつけていたが、鹿毛はまったく気にした様子はなかった。

吉田管理官がR特捜班のほうを向いて尋ねた。

「参考人には会ってきたのだな？」

番匠がこたえた。

「はい、会ってきました」

「それで、どうなんだ？　本当に狐憑きなのか？」

番匠は、ちらりと横目で隣の数馬を見た。数馬がこたえた。

「まあ、精神的に何らかのトラブルがあることは間違いありませんね」

「なんだ、本当に狐憑きかどうかわからないということか？」

「そういうことは、うかつには言えませんよ」

白髪の捜査員が口を挟んだ。

「だいたい、市原静香のアリバイなんて曖昧なものだ。家族と祈禱師の証言があるだけなんだろう？　全員、署に引っ張ってきて叩けば、きっとアリバイは崩れるさ。動機もある。殺害の意思も表明している。これで決まりじゃないか」

その意見に多くの捜査員が賛同していることは、明らかだった。

吉田管理官は言った。

「もし、市原静香が犯人だったとして、問題は、だ。犯行当時、心神耗弱《しんしんこうじゃく》の状態だったかどうかということだ」

白髪の捜査員が言った。

「裁判で、狐憑きが通用しますか」

「R特捜班は、狐憑きとは言っていない。何らかの精神的トラブルがあると言ってるんだ」

白髪の捜査員は口をつぐんだ。

番匠が言った。

「祈禱師が二日後に、再び憑き物落としをやると言ってました」

「落とせるかね？」

吉田管理官は真剣な表情で尋ねた。鹿毛がこたえた。

「たぶん、だめだと思いますよ」

「祈禱師はインチキだというのか？」

「いや、そういうことじゃなくって……」

どうも、鹿毛の発言が曖昧になってきた。こういうとき、鹿毛は何かに気づいているのだ。大悟は、それを知っていた。

「やはり、専門家に精神鑑定を頼むべきなのだろうな……」

吉田管理官のこの言葉に、鹿毛はどこか物憂《ものう》げに応じた。

「そうですね。精神鑑定は、まあいちおうの結論は出してくれると思いますよ」

この言葉も、意味ありげだった。大悟は、鹿毛がなぜはっきりと説明しないのかを、訝《いぶか》しく思っていた。


捜査会議が終わり、R特捜班が部屋に引き上げてくると、大悟は鹿毛に尋ねた。鹿毛は言った。

「何かわかったのですね？」

「何のことだ？」

「事件の真相が、わかったんじゃないですか？」

「そんなわけないだろう」

「だって、さっき狐のお告げがあったって……」

「俺がわかったのは、あの祈禱師には市原静香の憑き物は落とせないということだ」

「たしかに、上尾天夢斎は、強力な霊だと言っていましたが……」

「そういうことじゃないさ」

「だから、ちゃんと説明してください」

「説明なんかできないよ」

鹿毛は言った。「合理的な説明なんてできない。ただ、俺たちにはわかるんだ」

「何がわかったのか、教えてくれればいいんです」

「それを言ったところで、証拠がなければ無視されるだけだ。俺たちは、少なからず捜査員たちから反感を買っているようだから、根拠のない発言をしたら、それが事実であっても、逆に無視されてしまうだろう」

鹿毛がいつになく真剣なので、大悟はちょっと驚いた。

「……だからさ、俺たちから言い出すんじゃなく、捜査員が自分たちで気づいたという形に持って行かなくちゃならないんだよ」

「僕には教えてくれてもいいでしょう」

「あんただって、俺たちのことを本気で信じているわけじゃないだろう」

言われてみればそのとおりだ。

「でも、少なくとも、僕はR特捜班の敵じゃありません」

鹿毛は、肩をすくめた。これ以上の説明はしないつもりのようだ。

代わって里美が言った。

「捜査員たちが言っていたとおり、あのアリバイはたぶん嘘よ」

「じゃあ、やっぱり犯人は市原静香なんですか?」

「うーん、それが微妙なのよね……」

「彼女は本当に狐憑きなんですか？　だとしたら、裁判でそれを証明しなければならない」

「そんなことは不可能だ」

「でも、事実だとしたら、なんとかしなければ……」

「ともかく、司法解剖で何か新たな事実がわかるかもしれない」

鹿毛は、捜査会議で言ったことを繰り返した。

「そして」

里美が言う。「二日後、天夢斎がお祓いをやるときに立ち会えば、本当に狐が憑いているかどうかわかるはず」

「立ち会うんですか？」

「そうよ」

里美が言った。「心霊特捜班だもん」

天夢斎が、憑き物落としをやる日、大悟はR特捜班とともに、再び市原家を訪ねた。先日と違い、何やらものものしい雰囲気だった。

「またいらしたのですか？」

弘恵が、先日同様、和服姿で大悟たちの前に立ちはだかった。「警察に用はありません。お引き取りください」

「そちらにはなくても、こっちには用があるんだよ」

鹿毛が言った。

「無礼な……。わが家での失礼な振る舞いは、警察とて許しませんよ」

鹿毛はまったく頓着《とんちゃく》しない様子で弘恵に近づいた。そして、何事か囁いた。弘恵が、かすかに表情を変えた。緊張が見て取れる。

やがて、彼女は言った。

「お好きになさいまし」

くるりと背を向けると、母屋のほうに歩き去った。

大悟たちは、蔵に向かった。蔵の中には、しめ縄が張り巡らされており、さまざまな護《ご》符《ふ》が貼られていた。天夢斎が、忙しく立ち働いている。

「おや、あなたがたは……」

天夢斎は、きょとんとした顔をした。鹿毛が言った。

「お手伝いができるかもしれないと思いましてね。狐憑きは、思わぬバカ力を出すことがあるでしょう」

「憑き物落としは神聖なものです。外部の人を立ち入らせるわけにはいきません」

「僕たちは役に立ちますよ」

鹿毛の言葉は自信に満ちていた。その態度に、何か感じるものがあったらしい。天夢斎はしばらく考えた後に言った。

「いいでしょう。ただし、私のやり方に従ってもらいます」

「もちろん」

やがて、準備が整った。天夢斎、弘恵、小枝子の三人がかりで、静香を蔵に連れてきた。

「触るな。手を放せ」

静香は、もがきながら、まるで男のような太い声で言った。目が吊《つ》り上がっているように見える。抵抗も尋常ではなかった。大人三人でも苦労している。

「手を貸さなくていいんですか？」

大悟が尋ねた。すると、番匠がこたえた。

「俺たちが、彼女の身体に直接触れる法的な根拠はないよ」

ようやく静香が蔵の中におさまった。弘恵と小枝子は蔵を出て行った。

静香は髪を振り乱して、喉の奥から獣のような声を発している。両手を土間につき、両膝を立てている。若い娘だけに、奇妙な凄味があった。

天夢斎の憑き物落としが始まった。まず、大きな弓を祓い清める。さらに、その弓を前に祝詞を奏上する。どうやら、さまざまな神様から力を借りるということのようだ。

祝詞を奏上しはじめると、静香はいっそう暴れはじめた。

やがて、天夢斎が大弓を手にして、引き絞った。矢はつがえていない。弓の音だけを響かせている。

静香は、土間に仰向けになり、大声を上げながら手足をばたつかせた。

鹿毛が、静香に向かって何か投げた。緞子《どんす》の小さな袋に入ったものだ。静香は、それに気づかぬ様子で、手足をばたばたさせている。

天夢斎の鳴弓の音と真言が響いている。

鹿毛が隣で溜め息をつくのがわかった。大悟は思わず彼の顔を見ていた。

鹿毛が言った。

「もういいよ」

天夢斎は、怪訝そうに鹿毛のほうを見た。

「何を言っておる」

「だからさ、芝居はもういいって言ってるんだ」

「何を言うか……」

天夢斎は、憤怒の表情で鹿毛を睨みつける。「邪魔をすると容赦しないぞ」

鹿毛は、静香のそばに落ちている緞子の小さな袋を指さした。

「あれ、何だかわかる？」

天夢斎はそちらを見た。

「中にね、狼の牙が入っているんだ。代々わが家に伝わる、狐除けだ。狼の牙が、狐憑きにどんな影響を及ぼすか、知ってるでしょう？」

天夢斎は、言葉を失っていた。

「そう。狼の牙の効果はてきめんなんだ。狐はたちまち逃げ出すと言われている。だけど、静香さんは、その袋に気づきもしなかった」

静香は、動きを止めていた。大の字になったまま、両目をしっかと見開き、天井を見つめていた。

「狐憑きの芝居をするように言ったのは、おばあさんだね？」

鹿毛が静香を見下ろして言った。天夢斎が言った。

「こたえることはありませんぞ。あなたは、狐に憑かれて何も覚えていないんだ」

長い沈黙があった。

やがて、長い溜め息の音が洩《も》れた。静香の吐息だった。

「本当に夢を見ていたようだよ」

彼女は言った。大悟は驚いた。それは、間違いなく正気の人間の話し方だ。

「この蔵に籠もったのは、事件の前夜じゃないね」

鹿毛が言った。「事件の後だったんだ。おばあさんと、天夢斎さんが口裏を合わせたというわけだ」

静香はむっくりと起き上がり、髪をはらった。

「そう。携帯で亜里砂を林に呼び出したの。最初は話をするだけのつもりだった。先に手を出したのは亜里砂のほうよ。私は夢中で抵抗した。気がついたら、手に大きな石を持っていて、亜里砂は倒れていた……」

やはり、下崎亜里砂を殺したのは、静香だったのか……。大悟は、唇を嚙《か》んでいた。

静香の声が聞こえてきた。

「私がやったのよ。おばあさんは私を守ろうとしてくれただけ」

鹿毛が言った。

「ところが、そう簡単じゃないんだな……」

え、と大悟は思った。思わず鹿毛の顔を見つめていた。

「君が慌てて逃げ帰ったとき、下崎亜里砂はまだ生きていた。気を失っていただけなんだ」

静香はきょとんとした顔で、鹿毛を見ていた。

「そう」

数馬が言った。「被害者にとどめを刺したやつがいる」

「それは、本当ですか？」

戸口で弘恵の声がした。一同はそちらを振り返った。弘恵がひっそりと立っていた。

数馬がうなずいた。

「おそらく、司法解剖でそれがはっきりすると思います。被害者は二度殴られているはずです」

「いったい、誰が……」

「それは、刑事たちが明らかにしますよ。ただし、静香さんが下崎亜里砂を石で殴ったことは事実です。その裁きはちゃんと受けなければなりません」

弘恵は何も言わなかった。静香の嗚咽《おえつ》が聞こえてきた。

司法解剖の結果、数馬が言ったとおりのことが判明した。捜査方針は見直され、一気に進展した。

下崎亜里砂にとどめの一撃を加えたのは、第一発見者である、彼女の母親だった。

「驚きましたね」

R特捜班の部屋で、大悟はそう言っていた。「まさか、実の母親が犯人だったなんて……」

鹿毛が言う。

「下崎亜里砂は、家庭内で暴力をふるい、両親もほとほと手を焼いていたんだそうだ。家庭内は地獄だったろうよ」

「それにしても、母が子を殺すなんて……」

「捜査員の報告、聞いただろう。実の子じゃないんだ。亜里砂が小学校の頃に、再婚した。亜里砂は父親の連れ子だ。彼女が家庭内暴力を始めたのも、その再婚が影響していたのかもしれない」

大悟はやりきれない気持ちになった。

「市原弘恵は、孫を守ろうとして狂言を計画したんですね」

「そういうこと」

「それにしても、どうして狐憑きなんて思いついたんでしょうね」

「本当に狐憑きだったからさ」

「え……」

大悟は、訳がわからず鹿毛の顔を見つめた。「だって、あれは芝居だったんでしょう」

「静香の狐憑きは芝居だよ」

「どういうことです？」

「弘恵が、市原家は、狐持ちだって言っただろう。あれは本当のことだ」

大悟は、まだ理解できなかった。ぽかんとしていると、里美が言った。

「狐憑きは、弘恵さんだったのよ」

「えーっ」

大悟は、思い出した。天夢斎の憑き物落としの日、弘恵が大悟たちの前に立ちはだかった。そのとき、鹿毛が何かを囁くと、彼女は、母屋のほうに去っていったのだ。あのとき、鹿毛は何を言ったのだろう。それを尋ねると、鹿毛はかすかにほほえんだ。

「狼の牙が入った袋を見せてやっただけだ。たじたじとなり退散したというわけさ」

「お祓いしなくていいんですか？」

鹿毛がこたえた。

「弘恵さんに憑いているのは、天狐《てんこ》といってね。高級霊だ。天狐は、憑いた人にさまざまな知恵や能力を与える。そして、家を守るんだ」

里美が言った。

「天夢斎もそれを知っていたのね。だから、弘恵さんには逆らおうとしなかった」

この連中が言っていることは本当だろうか。大悟は、まさに狐につままれているような気分だった。

だが、彼らが真実を見抜いていたことは事実だ。天狐に気づいたからこそ、真相を知ることができたのかもしれない。

「静香さんは、だいじょうぶ。きっとやり直せる」

里美が言った。「だって、天狐が守ってくれているんだから」

番匠があくびをした。彼は、霊能力などまったくないただの人だという。そんな彼が、R特捜班を束ねている。

やはり、この人もただ者ではないと、大悟は思っていた。

ヒロイン

1

「事故なんだろう？」

数馬史郎《かずましろう》主任に睨まれた。「なんで、俺たちが行かなけりゃならないんだ？」

それだけで、岩切大悟《いわきりだいご》はしどろもどろになってしまった。数馬は、どちらかといえば小柄で、体格もそれほどよくはない。だが、妙な迫力があるのだ。

「知りませんよ。所轄署からの応援要請です」

「所轄署？　どこだ？」

「横浜みなとみらい署です」

「地域課？　それとも刑事課？」

そう尋ねたのは、パンクロッカーのような鹿毛睦丸《かげむつまる》だった。

大悟はこたえた。

「刑事課です。強行犯係ですよ」

「なあに、事故なのに、強行犯係なわけ？」

ちょっと間延びした口調で、沖縄美人の比謝里美《ひじゃさとみ》が言った。

「僕に聞いても知りませんよ。県警本部を通じて、R特捜班に応援要請があった。僕にわかるのはそれだけです。ねえ、現場でみんな待ってるんですよ。早く行かないと……」

「しょうがないな……」

誰よりものんびりとした口調で、番匠京介《ばんしょうきょうすけ》係長が言った。大悟は、この人が慌てたり緊張したりした姿を見たことがない。よれよれの背広が、不思議なほど板に付いている。

「要請とあれば、出動するしかないだろう」

数馬がしかめ面で立ち上がった。

「場所はみなとみらいの特設テントだな？」

大悟はうなずいた。

「そうです」

「あのミュージカル、見たかったのよね」

比謝里美が言う。

「初演はロングランだったからな」

鹿毛が言った。「事故が片付いたら、また再開するだろう」

R特捜班の面々は、ようやく腰を上げた。

現場は、混乱の極みだった。ライトアップされた巨大な円形のテントの周囲におびただしい数の人がいる。ある者は興奮しており、泣いている少女たちもいた。ある者は、声高に何かを抗議しており、ある者はじっと物思いに沈んでいた。

横浜みなとみらいの敷地内に特設された巨大テントで連日催《もよお》されているミュージカルの観客たちに違いなかった。彼らは、会場の外に出されたが、帰宅することはまだ許されていない様子だ。

「なんだよ、これ……」

その状況を一目見るなり、鹿毛が言った。「観客だろう。早く帰しちまえばいいじゃないか」

それを聞いて、数馬が言った。

「おまえ、それでも刑事か。全員の氏名と連絡先を聞いてからでないと帰せないんだ」

「じゃあ、早いとこやっちまえばいい。観客だっていつまでもおとなしくしていないぞ」

鹿毛の言うとおりかもしれないと、大悟は思った。事実、あちらこちらで、警察官に抗議したり、大声を上げている姿が見える。

「だったらさ」

番匠が、茫洋とした表情のまま言った。「一刻も早く終わるように、手伝ったほうがいいんじゃない？」

大悟は、捜査員の姿を探した。イヤホンを装着して歩き回っている連中は、機動捜査隊だろう。その一人を捕まえて尋ねた。

「あの、ここの責任者は……？」

「ああ？　おたくは？」

「あ、県警本部の岩切といいます」

「本部……？　本部がもう来てるの？　じゃあ、これ、やっぱり事件性があるってこと？」

「いや、それはむしろこちらが訊きたいくらいでして……。本部といっても、僕は刑事総務課でして……」

相手は怪訝そうな顔をする。

「なに？　どういうこと？」

「R特捜班といっしょに来たんです。僕は専従の連絡係でして……」

機動捜査隊員の顔色が悪くなった。

「R特捜班……。じゃ、あれ？　これって普通の事故じゃないってこと……？」

「いや、ただ所轄から要請があったというだけで……」

「だって、R特捜班って、アレでしょう？　心霊現象専門の特捜班でしょう」

「ええ、まあ……」

「おかしいと思ったんだ。ヒロインが二人も事故にあうなんて……。やっぱり呪《のろ》いとか祟《たた》りとかなのかね……？」

「たしか、最初のヒロインが亡くなったのは、一週間ほど前のことですよね？」

「そう。六日前のことだ。経緯は聞いてる？」

「今来たばかりで、詳しい事情は……」

「稽古《けいこ》中に、ヒロインが事故で死んだんだ。ライトが落ちてきてね……。当たり所が悪かったんだな……。当初決まっていたヒロインが死んだので、今のヒロインが抜擢《ばってき》された。だが、その新たなヒロインも……」

「亡くなったのですか？」

「いや、脚の骨折だよ」

大悟はほっとした。

「なんだ、怪我《けが》で済んだんですか？」

「でもね、俺たちが思っているよりたいへんらしいよ。なんせ、抜擢されたヒロインって、ダンサーだろう。それが脚の骨を折ったんだ」

あ、と大悟は思った。たしかにダンサーにとって脚は、商売道具といってもいい。他の職業の人以上に、脚の怪我は深刻だろう。

「それで、あの……、この場の責任者は……？」

「ああ、中にいるよ。みなとみらい署の強行犯係が来ている。責任者は今のところ、その班長で宮下《みやした》係長だ」

大悟は、礼を言って番匠たちのところに戻ろうとした。だが、もといた場所に彼らはいなかった。あたりを見回すと、彼らは番匠の言葉どおり、観客たちの氏名と連絡先のリスト作りを手伝っていた。

窓口が増えたようなものだ。観客たちの塊は、やがて行列になり、その列もどんどん短くなっていった。

今のうちに、所轄に現場到着《ゲンチャク》の報告をしておこうと、大悟はテントの中へと進んだ。

「へえ……」

思わず声を洩らしていた。テントの中は思ったよりずっと立派な会場となっていた。ステージが、南の方角に作ってあり、それを囲むように円形の観客席が広がっている。

ステージの装備は、一般のホールと変わらないほど充実しているように見える。緞帳《どんちょう》こそないが、舞台袖にはちゃんと幾重にも黒幕が張られているし、天井には照明用のポールが並んでいた。フットライトもあるし、ホリゾントまであった。

舞台装置は簡素だが、しっかりと組んであるように見える。ビルの谷間を表現しているのだろうか。寂《さび》れた都会の路地裏のようなセットだった。

背後には、幾本かの鉄柱で組まれたオブジェのようなものがある。これも都会の谷底ともいえる、ビルとビルの間の路地の表現の一つだろう。

その鉄柱のオブジェの一つが倒れており、その下に小さな血だまりがあった。ヒロインは骨折しただけでなく、裂傷も負ったということだろう。

鑑識係が焚くストロボが時折瞬《また》く。舞台の主役は、今は鑑識係だった。捜査員たちは、舞台の下から、その様子を眺めていたり、しきりと何事か話し合ったりしている。

大悟は捜査員たちに近づいて声をかけた。

「あのう、R特捜班、ゲンチャクしました」

捜査員たちがいっせいに振り向き、大悟はちょっと慌てた。

人相の悪いがっちりした中年男が歩み寄ってきた。大悟は思わず一歩下がりそうになった。

「みなとみらい署強行犯係の宮下です」

「あ、班長さんですか」

「そう。ほかの方は?」

「あの……、外で観客のリスト作りを手伝ってます」

「なんでまた……」

「会場周辺の混乱を早く収めたほうがいいと、R特捜班の班長が……」

「そんなのは、ほかの連中に任せておけばいい。あんたらにしかできない仕事があるんだ」

宮下係長は、そこまで言って声を落とした。「ところで、あんたも霊感とか霊能力とか、あるのか?」

「とんでもない」

「だって、R特捜班だろう」

「自分は県警本部の刑事総務課です。専従の連絡員なんです」

宮下係長は一瞬、ほっとしたような、落胆したような複雑な表情を浮かべた。

「早く連中を呼んできてくれ。現場を見てもらいたい」

「ヒロインが立て続けに事故にあったんですよね。本来ヒロインになるはずだった人が死んで……」

「そうだ」

「呪いとか祟りを信じてらっしゃるんですか?」

大悟は、嫌な気分になりながら尋ねた。もともと、怪談とか心霊現象とかいう話が大嫌いだ。

宮下係長は顔をしかめた。

「俺が信じているわけじゃない。すでに観客たちの間で噂が立ちはじめている。それに捜査員が気づいたんだ」

「噂……?」

「そう。藤本《ふじもと》あゆみが事故にあったのは、高野紅美《たかのくみ》の呪いだ、とか、高野紅美が死んだのも、藤本あゆみが脚を折ったのも、この舞台そのものが呪われているからだ、とか……」

「その二人の女性が、被害者ですね?」

「そうだ。二人のヒロインだ。正確に言うと、高野紅美のほうはヒロインとして本番の舞台を踏めなかったわけだがな……。まあ、呪いという噂が立つのももっともだな」

「はあ……」

大悟は、ますます嫌な気分になってきた。

「だがね、この世に呪いだ祟りだなんてものはない。事故は偶然かもしれないし、そうでなければ何らかの事件性がある。だから、R特捜班の役目は、呪いだなんて話を否定することにある」

「否定ですか……」

「専門家が否定すれば、噂も消える」

そんな単純なものだろうかと、大悟は思った。だが、宮下係長の言いたいことはわかる。

「わかりました。すぐに呼んで……」

そこまで大悟が言ったとき、背後ですっとんきょうな声が聞こえた。

「ひゃあ、すげえな。テントとは思えねえ」

鹿毛の声だった。

番匠を先頭に、R特捜班が近づいてくるのが見えた。

大悟は、宮下係長に言った。

「彼らがR特捜班です」

宮下係長は、眉をひそめて彼らを見つめていた。おそらくその理由の大半は鹿毛にあると思った。真面目《まじめ》な警察官なら、誰だって彼の恰好を見て宮下係長と同様の反応を示すだろう。

「どうも、R特捜班です」

番匠が、宮下係長に言った。

「あれ、番匠か……？」

「はい、そうですが……」

「俺だよ。茅ケ崎署の地域課でいっしょだった宮下だ」

「ああ……」

そう言っただけだった。宮下係長は懐かしそうな表情だが、番匠は別に何の感慨《かんがい》もなさそうだった。

「お互い変わったな。二十年近く前のことだからな」

「そうだね」

「そうか、おまえがR特捜班の班長か。……てことは、おまえもアレなのか？」

「アレ……？」

「霊能力があるのか？」

「いや、まったく……。能力があるのは、この三人だ」

番匠は、三人を紹介した。

「じゃあ、さっそく始めてくれ」

宮下係長が言った。

「始めるって、何を……？」

番匠が尋ねる。

「霊視とか……」

「その前にまず、詳しい話を聞かないと……」

大悟が話に割って入った。

「あ、僕が説明します」

大悟は、機動捜査隊員から聞いた話を伝えた。番匠は、緊張感のない表情で聞いていた。数馬は、何が気に入らないのか、苦い表情だ。鹿毛は会場を珍しげに見回しているし、里美は話を聞いているのか聞いていないのかわからない。

「なるほど」

番匠が言った。「ヒロインになるはずだった人が事故死、そして、ヒロインに抜擢された人が公演中に事故で怪我をした……」

大悟が言った。

「ただの怪我じゃありません。ダンサーが脚を折ったのです。ダメージは、僕たち普通の人が想像するよりずっと大きいと思います」

番匠は、うなずいてから、数馬たち三人に言った。

「それで、どうなの？」

数馬がこたえた。

「ヒロイン予定者とヒロインが相次いで死傷したというんでしょう。まず、何か細工がされていなかったかを調べるのが先でしょう」

宮下係長が言った。

「当然そういう捜査はしているよ。事件の疑いがあるから、俺たち強行犯係が来てるんだ」

「最初の死亡事故だけどね」

鹿毛が言った。「ライトなんて、そうそう落ちるもんじゃないでしょう。誰かが落としたと考えるのが普通じゃない？」

「だから……」

宮下係長は苛立った様子で言った。「そういうことは俺たちがやる。あんたたちは、これが呪いとか祟りとかじゃないということを言明してくれればいいんだ」

「そういうことですか……」

数馬が言った。「ならば、簡単です。これは呪いなんかじゃない。これでいいですね」

宮下係長は数馬を見据えた。

「本当にそうなのかどうか、確かめてほしい」

「なぜです？　呪いだと思っているのですか？」

「そうじゃないが、専門家がちゃんと調べたということになれば、一般の人々も納得するし、捜査員も安心できる」

「捜査員が安心できる……？」

数馬が鸚鵡《おうむ》返しに尋ねると、宮下係長は、ばつの悪そうな顔つきになった。

「刑事の中には迷信家がいてな……。死体《オロク》をたくさん見ているうちに、信心深くなるし、捜査には運が大きく左右するんで、ゲンを担ぐやつも出てくる。まあ、そういうわけで……」

その先を、鹿毛が引き継いだ。

「ビビッている刑事がいるというわけだね」

「ビビッてるんじゃない」

宮下係長は一瞬声を荒らげた。「ただ、ちょっと気味悪がっているだけだ」

「ちゃんと調べろというのなら調べますが……」

数馬が言った。「望むような結果になるかどうかわかりませんよ」

「それは、どういう意味だ？」

「呪いとか、霊の仕業とかかもしれないということです」

宮下係長は、本気で嫌そうな顔をした。

実は、気味悪がっている捜査員というのは、彼自身のことではないかと、大悟は思った。強面だが、実は大悟と同じくけっこう臆病なのかもしれない。

そう思うと、急に宮下係長に対して親近感がわいてきた。

「班長、ちょっと来てください」

舞台の上から声がした。鑑識係員と捜査員が集まって何かを話し合っている。宮下係長が舞台に上がった。

「俺たちも行ってみよう」

番匠が言った。

鑑識係員や捜査員が集まっているのは、倒れた鉄柱のオブジェの前だった。血だまりがライトを浴びて鈍く光っている。固まりかけており黒っぽく見えた。

「ここなんですが……」

鑑識係の一人が、倒れているオブジェの一部を指さしている。

「何だ、これは……?」

「この鉄柱の構造物を固定していた金具らしいんですがね……」

細長い鉄板に、ボルトを通す穴を開けただけの金具だ。ボルトの穴は、六つあった。

鑑識係員が続けて言った。

「これがちぎれて、この構造物全体が倒れたわけです。ここを見てください。ただちぎれただけじゃない。金鋸《かなのこ》かヤスリのようなもので切った跡がある」

「つまり人為的なものということだな」

「そう」

捜査員の一人が言った。

「事故じゃありませんね。誰かが藤本あゆみを狙って、故意にこの鉄柱の組み合わさったものを倒したということですね」

「じゃあ、高野紅美の件も怪しくなってくるな……」

番匠が宮下係長に尋ねた。

「そのときは、そういうことを調べなかったの？」

「俺たちが担当したわけじゃない。単純な事故だと思われていたからな。地域係が担当したんだ」

「洗い直す必要があるね」

「ここは鑑識に任せて、俺たちは関係者の聞き込みを始める。おまえたちは……」

「わかってるよ。霊的な調査をすればいいんだろう」

「頼むよ」

宮下は部下を引き連れ、ミュージカルのスタッフがいる舞台袖のほうに向かった。

2

鑑識はまだ作業を続けている。それに交じって、R特捜班の数馬、鹿毛、里美がゆっくりと舞台の上を歩き回っている。

番匠と大悟はすることがないので、上手《かみて》側の舞台の袖で立ったまま、三人の様子を眺めていた。

鹿毛が、鑑識係員の一人と何事か話しはじめた。何か揉めているのかもしれない。放っておいていいものだろうか。大悟は番匠を見た。番匠は、別に気にした様子もなく鹿毛たちを見ている。大悟も、番匠にならって、鹿毛に任せることにした。

やがて、話がついたようだ。鹿毛は片膝をついて、血だまりにそっと触れた。藤本あゆみの血だ。おそらく、血に触れていいかどうか、鑑識係員に尋ねていたのだろう。

写真などの記録に収め、指紋の採取などが終わっていれば、現場の物に触れてもかまわない。鹿毛はそれを確認したのだろう。

「血に触ってますね……」

大悟が言うと、番匠はこたえた。

「見りゃわかるよ」

「なんであんなことしてるんでしょう……」

「血は霊魂《れいこん》の媒体になると、鹿毛が言っていたことがある」

「霊魂の媒体……？　それ、どういうことです？　血って、ただ栄養や酸素を運ぶためのものでしょう。それがなんで、霊魂の媒体に……？」

「そんなこと、俺は知らんよ」

やがて、鹿毛は立ち上がって、天井を見上げた。正確に言うと天井ではないかもしれない。舞台の上には照明を吊るすためのポールや作業をするための足場などがある。

鹿毛は、じっと一点を見つめている。その姿を見て、大悟はまた嫌な気分になった。彼は、大悟に見えないものを見ているに違いない。

下手《しもて》側にいる数馬が、いきなり右手を掲げて、縦横に振り始めた。縦に三回、横に三回、そしてまた、縦に三回九字《くじ》を切っているのだ。

大悟はびっくりした。何かを祓《はら》っているのかもしれない。

数馬はこけおどしのデモンストレーションをするような男ではない。つまり、本当に何かがいたということだ。大悟の腕に鳥肌が立っていた。

里美は、中央からやや下手寄りの場所に、ぼんやりと立っている。まるで役者が何かを演じているように見える。髪が長く、顔立ちがはっきりしているので、本当に役者になったら、なかなか舞台映えするかもしれない。大悟はそんなことを考えていた。

やがて、鑑識の作業が終了した。それに合わせるように、数馬、鹿毛、里美の三人が、大悟たちのほうにやってきた。

「どうだった？」

番匠が数馬に尋ねた。

「どうって訊かれましてもねえ……」

大悟は言った。

「下手のほうで、九字を切っていたでしょう？」

「ああ、ザコがたくさん集まってきているんでな……。うざったいんで、祓った」

「ザコって……？」

数馬に代わって鹿毛がこたえた。

「低級霊の小者だよ。こういう場所には多いんだ」

「こういう場所って？」

「人が大勢集まる演劇なんかのホール。人が集まるということは、霊も集まるということだ」

「それに、舞台というのは、一種の魔が住んでいるから……」

里美が言った。大悟は尋ねた。

「それ、どういうことです？」

「良くも悪くも、情念が凝り固まる。激しい思いが交錯する場所ですからね。人はその魔に魅せられるのよ。もともと舞台というのはそういうものなの。観阿弥・世阿弥の能の幽玄も言ってみれば、一種の魔よ」

そういう話を聞きたかったのではなかった。

「あの、この事件ですけど、やっぱり呪いなんですか？」

数馬、鹿毛、里美の三人は互いに顔を見合った。なんだか、意味ありげな態度だと、大悟は思った。

「いや、呪いじゃない」

数馬はきっぱりと言った。大悟は、ほっとしていた。

「だが……」

数馬は続けて言った。「霊がいないわけじゃない」

大悟は尋ねた。

「ザコのことでしょう?」

「いや、そうじゃない。この事件に関わっている」

「じゃあ、やっぱり霊の仕業なんですか?」

「そう単純じゃないんだ」

番匠がのんびりとした口調で言った。

「それで、これからどうすりゃいい?」

数馬がこたえた。

「捜査の進展を待つんですね」

「ちょっと待ってください」

大悟は言った。「R特捜班の役割は、これが呪いや祟りじゃないということを証明することですよ」

「たしかに、霊障《れいしょう》の類じゃないよ」

鹿毛が言った。「だけど、霊が関わっていないわけじゃない」

「どういうことです?」

「だからさ」

鹿毛が顔をしかめる。「捜査が進展すればいずれわかるよ」

「今教えてくださいよ」

「俺たちにもわからないんだよ。ただ、霊はいる。それが何をしたのか、あるいは何をしようとしているのかがわからない」

番匠が言った。

「まあ、乗りかかった船だから、捜査に付き合おうじゃないか」


高野紅美が死亡した件について、みなとみらい署地域課と、鑑識係に残っていた資料を詳しく調べ直した結果、やはり事件性が濃いという結論に達した。

落下したライトは、比較的新しく、留め具の部分に金属疲労等の異常や、不具合は見られなかった。つまり、落ちるはずのないライトが落ちたということだ。

地域課は、事故ということで処理をしたので、詳しい捜査はしていなかった。関係者から事件当時の状況を聞いて調書にしただけだ。

人気ミュージカルのヒロインが死亡したということで、スポーツ新聞や週刊誌などでは比較的大きく扱われたが、警察にとっては、それほどの事件というわけではなかったのだ。

毎日事件を扱っていると、慣れが生じる。それはいたしかたないことなのだと、大悟は思う。

殺人および殺人未遂事件である疑いがきわめて強くなったため、神奈川県警本部ではみなとみらい署に捜査本部を設置することに決めた。

R特捜班も、その捜査本部に詰めることになった。

「なんで、俺たちが捜査本部に参加しなきゃいけないんだ？」

さっそく鹿毛が文句を言いはじめた。大悟は言った。

「みなとみらい署の宮下係長の要請なんです。僕たちの仕事も終わってないでしょう？」

数馬が言った。

「呪いのせいで事件が起きたわけじゃない。そう言ってやれば済む話だろう？」

「でも、事件に霊が関わっていると言ったじゃないですか」

「たしかに関わってはいるが……」

「捜査が進展すれば、霊がどう関わっているかわかるわけでしょう？　番匠さんも、乗りかかった船だから、捜査に付き合おうって言ったし……」

「捜査には付き合ってもいい」

数馬が言った。「だが、捜査本部となると話は別だ。何日も帰れないことになる」

「警察官なんだから、仕方がないでしょう」

それまでのやり取りを黙って聞いていた番匠が言った。

「捜査本部、いいじゃない。捜査が長引かないように、アドバイスしてやってよ」

数馬が顔をしかめる。

「捜査員たちが俺たちの話に耳を傾けますか？」

「だって、宮下の要請で参加するんだろう。少なくとも、宮下は俺たちが必要だと思っているはずだ」

「どうせ、みんなに胡散臭い目で見られるのがオチですよ」

あ、と大悟は思った。

彼らはこれまでにずいぶんとつらい思いをしてきたのかもしれない。心霊現象を専門に扱う特捜班なんて、頭の固い連中から見れば冗談としか思えないに違いない。

そして、警察官というのはだいたいが頭が固いものだ。役人なのだから仕方がない。

さらに、刑事には現実主義者が多い。そんな連中が、R特捜班の話をまともに聞くとは思えない。数馬は「胡散臭い目で見られる」と言ったが、それは実体験に基づいた発言に違いない。

霊能者など、たいていは胡散臭い目で見られるものだ。警察という現実的な組織内においてはなおさらだ。捜査員の多くは、霊能力など信じていないに違いない。

そういう捜査員は、R特捜班のことを、給料泥棒くらいにしか思っていないかもしれない。

大悟は、何も言えなくなってしまった。

そのとき、里美が言った。

「ボスがアドバイスしてやれって言うんだから、そうすれば？　話を聞くか聞かないかは相手次第なんだから」

数馬がまた顔をしかめる。

「おまえは、捜査本部の経験がないからそんなことを言うんだ。柔道場に敷いた布団に寝泊まりしたり、徹夜が続いたり、汗臭いし、疲労と苛立ちでみんなカリカリしてくるし……」

「だから、早く解決するように捜査を導いてやればいいんでしょう？」

「そういうこと」

番匠が眠たげな表情のまま言った。「さあ、みなとみらい署に出かけようじゃない」

大悟とR特捜班は常駐している鎌倉署をあとにした。

神奈川県警本部の佐倉正義《さくらまさよし》刑事部長が捜査本部長、みなとみらい署の署長が副捜査本部長だった。捜査本部主任は、県警本部の米谷賢一《よねたにけんいち》捜査一課長が務める。管理官が一人、県警本部から来ており、実際の捜査指揮は、米谷捜査一課長とこの管理官が執ることになるだろう。管理官の名は土屋正《つちやただし》。米谷課長と同じく警視だ。

捜査会議は淡々と進んだ。

まず、最初の事件の洗い直しだ。事件が起きたのは、七日前。昨日起きた藤本あゆみの負傷事件の六日前ということになる。まず、関係者への聞き込み、そして、人間関係の洗い出しだ。

「ヒロインに決まっていた高野紅美が死亡、次にヒロインとなった藤本あゆみが怪我……」

米谷課長が言った。「これはヒロインの座を巡る争いと見ることもできるが……」

捜査員たちが、ひそひそと話し合った。土屋管理官が生真面目《きまじめ》な表情で言った。

「その可能性はおおいにありますね。……ということは、第三のヒロイン候補者の容疑が濃いということになりますか」

「待て待て……」

佐倉刑事部長が発言した。捜査本部内が一瞬にして静まりかえった。「そんなことが殺人や殺人未遂の動機になり得るのか?」

米谷捜査一課長が佐倉刑事部長に説明した。

「あのミュージカルは、世間の話題になっていますからね。初演は、十年前のことですが、記録的なロングランになったということです。その再演ということで、演劇界だけでなく、マスコミの注目を集めていました。そのヒロインに抜擢されるというのは、たいへんな名誉のはずです」

「それはわかるが、いくら名誉だといったって、殺人の動機になるとは思えない。しかも、もし、その第三の候補が容疑者だとしたら、連続殺人を企《くわだ》てたことになる。連続殺人だぞ。半端な動機ではないはずだ」

佐倉刑事部長のこの言葉に、米谷課長は押し黙った。

なるほど、と大悟は思っていた。

キャリアは現場を知らないと、ノンキャリアの捜査員たちは、口を揃《そろ》えて言う。所詮《しょせん》、警察官僚であり、実際の捜査には役に立たないというのがノンキャリアの言い分だ。それが、現場で働く捜査員たちの矜恃《きょうじ》でもあるのだ。

だが、馬鹿ではキャリアになれないし、指揮を執ることはできない。さすがに刑事部長ともなると、犯罪について見識がある。

「もっと現実的な話をしよう」

佐倉刑事部長が言った。「今回の事件では、捜査員が聞き込みを行ったのだろう。その結果について聞きたい。事件が起きたとき、倒れた舞台装置に触れられる者はどれくらいいたんだ?」

米谷課長が、みなとみらい署の刑事課長を指名した。みなとみらい署の刑事課長は、強行犯係の宮下係長から報告すると言った。

宮下が発言した。

「当然、公演の最中ですから舞台袖や楽屋には大勢の人がいます。しかし、誰もが舞台の進行に集中していますから、こっそり舞台装置の背後に近づく者がいても、気づかないこともあり得るということです。つまり、誰でも近づけたということです」

米谷課長が眉をひそめた。

「だが、外部の者が舞台の上にいたら、誰かにとがめられるだろう」

「外部の人間は見かけなかったと、誰もが供述しています」

「……ということは、劇団内部の人間の犯行ということか?」

「そう考えるのが自然ですね」

「やはり、ヒロインを巡る争いという線も否定はできないと思うがな……」

米谷課長は独り言のように言った。

刑事部長の意見と対立している。こんな発言をできるのは、本部の課長くらいだと、大悟は思った。

佐倉刑事部長は、米谷課長の言葉を無視するように、宮下係長に尋ねた。

「高野紅美の事件のときはどうなんだ？」

「あのときは、リハーサルですから、さらに人の出入りは自由だったはずです」

「照明を落とすこともできたということか？」

「舞台の天井には、作業用の足場があります。そこには、上手、下手両側の舞台袖から昇ることができます。リハーサルの最中なら、誰が昇っても怪しまれなかったでしょう」

佐倉刑事部長は腕を組んだ。

「演劇の舞台の上っていうのは、そんなもんなのか？」

宮下係長がこたえる。

「はい。実は私たち捜査員も意外だったのです。舞台の上にはたくさんの人がいるのですが、それぞれにミュージカルの進行に従ってやるべきことが決まっているので、ほかのことを気にする余裕がないのだそうです。誰もが、舞台上の進行に集中しているのです」

「なるほどな……」

佐倉刑事部長が言った。「被害者の人間関係についてはどうだ？」

「まだ具体的な鑑取りはできておりません。捜査はこれからという段階です。ただ……」

そこまで言って、宮下係長は躊躇《ちゅうちょ》するように間を取った。

佐倉刑事部長が尋ねた。

「ただ、何だね？」

「はあ……。まあ、取るに足りないことかもしれませんが……」

「どんなことが捜査の参考になるかわからない。言ってみなさい」

「はあ、観客たちの間で、すぐにこの二件目の出来事は呪いだという噂が立ちはじめました。それだけならたいしたことではないのですが、実は、劇団関係者の中にも呪いだと信じている方々がいるようなのです」

「呪い……」

佐倉刑事部長、米谷課長、土屋管理官らひな壇にいる幹部たちがいっせいに、一番後ろの列にいるR特捜班のほうを見た。

佐倉刑事部長が言った。

「それで、R特捜班が来ているのか……」

「はあ……」

宮下係長が言った。「当初は、観客たちの噂が根も葉もないものだというふうに、ちゃ

ん と否定してもらおうと、専門家であるR特捜班に出動を要請したのですが、劇団関係者に話を聞いてみると、思いのほか、呪いだという声が多いので……」

佐倉刑事部長は、ばかばかしいと思っているだろうな。

大悟はそう考えていた。なにせ、相手はキャリアだ。霊だの呪いだのという話など相手にするはずはない……。

だが、意外な言葉が返ってきた。

「実際はどうなんだね？　R特捜班の意見を聞いてみたいのだが……」

大悟は慌てて番匠の顔を見た。番匠はいつもと変わらない茫洋とした表情だ。

米谷課長は、あまり乗り気ではない様子で、番匠に言った。

「何か報告することはあるかね？」

「うちの係員の話だと、たしかに霊がこの事件に関わっているというのですが……」

米谷課長は、否定的に溜め息をついたが、佐倉刑事部長は興味をそそられた様子だった。

「具体的に説明してほしいな」

「えーと、私は霊のことなどわかりませんので、実際に霊能力がある部下に発言させたいのですが……」

「そうしてくれ」

番匠は、数馬を見た。当然、主任の数馬が発言することになる。数馬は面倒くさそうに、小さく溜め息をついてから言った。

「ある霊が間違いなくいます。そして、この事件に関わっていると思われます」

捜査本部内がざわついた。苦笑している者、眉をひそめる者、舌打ちする者……。反応はさまざまだった。

佐倉刑事部長が言った。

「それは、やはり呪いということなのかね？」

「いえ、そうではないと思います」

「霊から何か聞き出せないのか？」

大悟は、この発言にも驚いていた。本気で訊いているのだろうかと、思わず佐倉刑事部長の顔を見つめていた。

そうか、と大悟は膝を打つ思いだった。

R特捜班は、神奈川県警本部の正式な部署の一つだ。所属は刑事部だ。つまり、刑事部長が認めない限り存在はできないはずだ。

R特捜班がいつ、誰によって作られたのか、大悟は詳しく知らない。捜査員とR特捜班の連携を円滑にするのが、大悟の役割だ。その連絡係を任命されたときには、すでにR特捜班は存在していたのだ。

もしかしたら、佐倉刑事部長がR特捜班を組織したのかもしれないと、大悟は思った。

数馬はちょっとうんざりした表情で、佐倉の質問にこたえた。

「霊は何もしゃべりはしません」

「何もしゃべらない？」

「はい。霊というのは、むき出しの潜在意識が存在しているようなものです。ですから具体的に言語化したメッセージを発することなどできないのです」

この説明は、これまでにおそらく何度となくしてきたはずだ。それで数馬はうんざりとした顔をしたに違いない。

「だが、霊媒師《れいばいし》とかは、いろいろな言葉を伝えてくれるじゃないか」

「たいていはインチキです」

佐倉刑事部長は驚いた顔で言った。

「すべてがインチキというわけではないだろう」

「本物の場合は、霊媒師が文字通り媒体となります。霊媒師の言語中枢によって翻訳されたメッセージを伝えるだけです。ですから、霊媒師や憑依《ひょうい》された人物の記憶や潜在意識によってバイアスがかけられる場合が多いのです」

捜査員たちは、一様にちんぷんかんぷんといった顔をしている。大悟も、同じ説明を何度も聞いているので理解できるだけのことだ。最初に聞いたときは、まったく実感できなかった。

だが、さすがに佐倉刑事部長は深く納得したような顔つきでうなずいていた。

「だが、その霊はたしかに事件に関わっているのだね？」

「はい」

「どう関わっているのかは、わからないのか？」

「霊というのは、たいていその場に存在しているだけですから。ただ、生前に何らかの強い思いを持っていたら、それが物理的に現実社会に働きかけることもあります。霊障と呼ばれる現象もその一種です」

「では、この事件は、その霊障のせいだと……？」

「そうとは言い切れませんね」

「なんだか、話が漠然としているな」

「当然です。霊の話ですからね」

「では、どうすればいい？　R特捜班のアドバイスを聞きたいのだが……」

「男女関係ですね。残留している霊は、最初の事件で亡くなった高野紅美さんだと思われます。女性の霊が残留する場合、たいていは男と女のトラブルがあったことが多いのです」

数馬の口調があまりに断定的だったので、大悟はちょっと驚いた。

佐倉刑事部長は、米谷課長と土屋管理官のほうを向いて言った。

「よし、亡くなった高野紅美と怪我をしている藤本あゆみの異性関係を中心に鑑取りを強化しよう」

米谷課長は言った。

「殺人および殺人未遂の捜査なのですから、当然捜査員たちは、そういうことは心得ています」

ちょっと言葉に棘《とげ》があるかな、と大悟は感じた。普段、県警本部では部長たちなど雲の上の存在だ。課長と部長のやり取りを間近で目にすることなどあまりない。

こうした捜査本部でもなければ、なかなか機会はないのだ。

そういえば……。

大悟は、佐倉刑事部長と米谷課長についての噂を思い出した。

佐倉刑事部長は警視長、米谷課長は警視。階級が二つも違うが、実は、米谷課長のほうが年上なのだ。佐倉刑事部長は、順調に出世街道を歩き、米谷課長は何らかの理由で出世が遅れている。

佐倉のほうは、米谷の課長としての手腕を買っているのだが、米谷のほうは佐倉のことをあまり面白く思っていないという噂だ。

幽霊もおっかないが、こうした上司の複雑な関係もおそろしいな……。大悟はそんなことを思っていた。

佐倉刑事部長は、米谷課長の態度などまったく気にした様子はなかった。

「けっこう。みんな、結果を出してくれ」

捜査員たちがいっせいに席を立つ。そのあわただしい雰囲気の中で、鹿毛が番匠に言った。

「怪我をした被害者に会ってみたいんだけど……」

それを聞いて大悟は驚いたが、番匠は淡々としていた。

「岩切君に言えば、なんとかしてくれるんじゃないの？　そういうときのためにいるんだし……」

番匠の言うとおりだ。大悟は、立ち上がって幹部席のほうに向かおうとした。

番匠がそれを制した。

「あ、いや、俺が宮下に頼んでみるよ。そのほうが早い」

番匠の言うとおりだった。すぐに話はついた。藤本あゆみが入院している病院に向かう二人組の捜査員に同行することになった。

大悟は、鹿毛にそっと尋ねた。

「藤本あゆみが霊障を受けているおそれがあるんですか？」

「ああ？　誰がそんなこと言った？」

「だって……。誰だってそう思うじゃないですか……」

「俺はただ、本当に話を聞きたいだけだよ」

なんだか、R特捜班の連中にはいつもはぐらかされるような気がした。

3

藤本あゆみは、右の脛をギプスで固められ、それをワイヤーで吊られていた。テレビや週刊誌で話題になり、大悟も顔は知っていた。

ベッドに横たわる藤本あゆみは、化粧っけもなくやつれていたが、それでも充分に美しかった。

二人の捜査員が、まず怪我の具合を尋ねた。

「幸い、単純骨折で、復帰できるかどうかは、リハビリ次第だということです」

こたえる声はしっかりしていた。おそらく、怪我でヒロインを降りることになり、しかも商売道具ともいえる脚の骨折で、そうとうに精神的なダメージを受けているはずだ。だが、それをまったく感じさせない。さすがにヒロインだと、大悟は思った。

捜査員が出来事の経緯を尋ねると、藤本あゆみはこたえた。

「何が起きたかまったくわからないうちに、病院に運ばれていたという感じです。突然、舞台装置が倒れてきたんです。逃げる暇もありませんでした」

捜査員は、人間関係についてもいろいろと尋ねた。つまり、誰かに怨みを買っている覚えはないか、ということを遠回しに尋ねたのだ。

藤本あゆみは、怪訝そうな表情になった。

「ただの事故なのでしょう？」

捜査員の一人がこたえた。

「あなたが事故にあわれた六日前に、高野紅美さんがご不幸にあわれています」

「偶然でしょう」

捜査員が何かこたえる前に、鹿毛が言った。

「あなた自身、そう思ってないいんじゃない？」

藤本あゆみは、鹿毛を見た。その目に力があった。およそ警察官らしくない鹿毛の恰好を見ても、気にした様子はない。

「紅美さんのことはとても悲しかったし、私自身のことでもショックを受けています。今はただそれだけで、それ以上のことを考えることはできません」

鹿毛は黙ってうなずいた。捜査員は、事務的に尋ねた。

「お付き合いしている方はいらっしゃいますか?」

藤本あゆみは、鹿毛に向けたのと同じ強い視線を質問した捜査員に向けた。捜査員のほうが位負けしているように、大悟には感じられた。

長い沈黙があり、病室内は緊張した雰囲気になった。やがて、藤本あゆみが言った。

「どうせ、誰かが言うでしょうから、言ってしまいます。演出の岩佐行秀《いわさゆきひで》と付き合っています」

「岩佐行秀……。劇団の代表ですね?」

「そうです」

有名な演出家だ。捜査員が言ったように、劇団の代表であり、今回のミュージカル上演権を、十数年前にニューヨークのオフブロードウェイから勝ち取ってきた演劇界のカリスマでもある。

たしか、夫人が同じ劇団の女優だったはずだ。大悟は、週刊誌で読んだ記事を思い出していた。その夫人が、同じミュージカルの初演のときのヒロインだった。つまり、藤本あゆみと岩佐行秀は、不倫関係にあったということだ。

捜査員たちは、その後形式的にいくつかの事柄を尋ねて、質問を終えた。

それを待っていたように鹿毛が尋ねた。

「立ち入ったことを訊くけど、岩佐さんと付き合っていたのは、あなただけ？」

藤本あゆみに、初めて動揺の色が見えた。

「知りません」

「あ、そう」

鹿毛はあっさりと引いた。「じゃあ、別の質問。舞台装置が倒れてきたとき、いつもと変わったことはなかった？」

「え……？」

藤本あゆみは、不意をつかれたように、鹿毛を見つめた。その表情は、仮面がはがれ落ちたように無防備に見えた。

「どんなことでもいいんだ。稽古と本番で何度も同じシーンをやってるでしょう？　いつもと違う感じはなかった？」

藤本あゆみは、ゆっくりとうなずいた。

「そうなんです。あのとき……」

「あのとき……？」

「きっかけが遅れたんです」

「きっかけが遅れた？」

「踊りながら、ジャンプをして、あの倒れてきた舞台装置の前を通り過ぎるシーンなんです。あの日だけ、どうしてか一歩出るのが遅れたんです」

「もし、いつもどおり飛び出していたら、どうなった？」

「怪我では済まなかったかもしれません」

「死んでいたかもしれないと……」

「はい。倒れてきた舞台装置を見たでしょう？　鉄柱を組み合わせたとても重いものです。直撃されたら、死んでいたと思います」

鹿毛はうなずいた。

「それが聞きたかったんだ」

鹿毛の質問は、唐突に終わった。

捜査本部で、聞き込みの結果を突き合わせる捜査会議が始まっていた。

劇団に聞き込みに行っていた班が、報告した。

「死亡した高野紅美は、劇団の主宰者である岩佐行秀と不倫関係にあったようです。岩佐行秀の夫人は、今回と同じミュージカルの初代ヒロインで、演じたのは十年前のことでした。芸名は、野沢絹子《のざわきぬこ》。本名は、岩佐絹子です」

大悟は、え、と思った。

その報告が終わると、藤本あゆみに話を聞きに行った捜査員たちの一人が発言した。

「あのう、岩佐行秀と付き合っていたのは、怪我をした藤本あゆみのほうじゃないですか？　間違いじゃないでしょうね……？」

「間違いない」

報告者が断言した。「その点については、別の供述もある。岩佐行秀は、高野紅美、藤本あゆみの両方と付き合っていたというんだ。ヒロインになる条件は、岩佐行秀と付き合うことだったとまで言う劇団員もいた。あながち、嘘じゃないかもしれない」

「R特捜班が言った、男女間の問題が垣間《かいま》見えてきたな……」

佐倉刑事部長が言った。「高野紅美と藤本あゆみの間に対立関係があったということか？」

劇団に聞き込みに行っていた捜査員がこたえた。

「いえ、そういう話はなかったですね。むしろ、問題は岩佐夫人の野沢絹子でしょう」

佐倉刑事部長が眉をひそめて尋ねた。

「嫉妬《しっと》ということか？」

「単なる妻の愛人に対する嫉妬ではありません。野沢絹子には、今回のミュージカルの初代ヒロインという誇りがあります。夫と不倫関係を持った上に、二代目ヒロインの座についた二人の後輩を、どう思うでしょうね」

「野沢絹子は、今回の再演には出演していないのか？」

「出ていますが、あまり目立つ役ではありません。出番もそれほど多くはないようです」

佐倉刑事部長は、米谷課長を見た。

「第三のヒロイン候補による犯行という君の説より、こっちのほうが動機として説得力があると思うが、どうかな？」

「たしかに……」

米谷課長は、苦い表情で言った。「男女間のトラブル、特に不倫関係を巡る問題は、殺人その他の犯罪の動機となり得ますね」

「しかも、今回は女優のプライドも影響している」

米谷課長は、ちょっと悔しそうな顔でうなずいていた。

「たしかに、おっしゃるとおりです」

「その線で捜査を進めてくれ。では……」

佐倉刑事部長は席を立った。捜査員より一足先に帰宅するということだろうか。それとも、これから県警本部に戻り、残った仕事を片付けるのだろうか。

いずれにせよ、後を米谷課長と土屋管理官に託したということだ。米谷課長は苛立ちを必死に抑えているような口調で言った。

「さ、聞いたとおりだ。明日から、さらに本腰を入れて捜査してくれ。以上だ」


捜査員たちは、岩佐行秀、野沢絹子、高野紅美、藤本あゆみ、それぞれの人間関係と事件当時の行動を徹底的に洗った。

すると、二つの事件の犯行時刻に、野沢絹子のアリバイがないことが判明した。本人に質問したところ、出番を待って舞台袖にいたというのだが、それを確認した者は一人もいなかった。

さらに、捜査が進むと、ついに目撃者が現れた。それは、なんと岩佐行秀だった。彼は最初の事件の直前、野沢絹子が舞台袖の梯子《はしご》を昇り、天井の足場に行くのを見た。

それで気になって、本番のときも、さりげなく行動を監視していたという。

藤本あゆみが怪我をしたときも、たしかに舞台袖から舞台装置の裏に行く姿を目撃したという。

野沢絹子の身柄を確保して、追及したところ、ほどなく自白した。たしかに、彼女がライトを落とし、舞台装置を倒したのだ。舞台の進行に合わせたヒロインの動きが、すべて頭に入っている彼女にしかできない犯行だったかもしれないと、大悟は後になって思った。

里美が言った「舞台というのは、一種の魔が住んでいる」という言葉を思い出していた。

「今回は、R特捜班のおかげで早期解決できた」

佐倉刑事部長が、捜査員一同の前で言った。捜査員たちが複雑な表情でR特捜班のほうを振り返って見た。

数馬がにこりともせずに言った。

「我々には、まだ仕事が残っています」

「仕事……?」

佐倉刑事部長が尋ねた。「もちろん、これから捜査員たちは送検のために山ほど書類を書かねばならないだろうが……」

「そうじゃありません。残留している霊をあのまま放っておくわけにはいきませんから……」

鹿毛が小声で言った。

「放っておいてやればいいじゃない」

「ばか」

数馬が言った。「清めてやらなければかわいそうなんだと、何度言ったらわかるんだ」

数馬が立ち上がった。

次に立ち上がったのは、番匠だった。

「じゃ、そういうことで、R特捜班は失礼しますよ」

鹿毛と里美がそれに続いた。大悟は、慌てて一礼してから、彼らのあとを追った。

みなとみらいの特設テントでは、もう次の公演の準備が始まっていた。

鹿毛がステージの上を見つめている。

大悟は尋ねた。

「残留しているのは、高野紅美の霊だと言いましたよね」

「そうだよ」

鹿毛はステージを見つめたままこたえた。

「どういうことなんです？　何をしようとしているんです？」

「藤本あゆみの話を聞いてわからなかったのか？」

「踊りのきっかけを遅らせた。それで、藤本あゆみの命を救ったんだ」

「あ……」

「高野紅美は、このミュージカルのヒロインたちが自分みたいにならないように、必死で守ろうとしているんだ。今も、あそこにいるよ」

数馬が言った。

「役目は終わった。早く清めてやればいい」

鹿毛が数馬のほうを見て言った。

「彼女は、ステージが好きなんだ。あそこにいさせてやればいいじゃないか。無理やり成仏《じょうぶつ》させることはない」

「霊にとっては、この世は地獄に等しい。誰も触れてくれない。誰にも触れられない。永遠の孤独が続くんだ。それがどうしてわからない？」

鹿毛は、視線をステージに戻した。

「わかったよ。俺がやる」

「待って」

里美が言った。「あたしにやらせて」

鹿毛が驚いたように里美を見た。

「なんでおまえが……」

「これは女同士の問題よ」

鹿毛はしばらく里美を見つめていた。里美も、よく光る大きな目で鹿毛を見返していた。いつになく真剣な眼差しだった。

「いいよ」

鹿毛が言った。「やってくれ」

里美はうなずき、ステージに近づいた。そして、そっと語りかけた。

「ごくろうさま。あなたの役目は終わったのよ」

その声は、不思議なくらいに優しかった。優しく、そして悲しげだった。

「高野紅美さん。本当にありがとう」

しばらく、里美はステージ上を見つめたまま立ち尽くしていた。やがて、彼女の大きな目から一粒涙がこぼれた。

「行っちまった」

ぽつりと鹿毛が言った。

その声が、妙に淋しそうだと、大悟は感じていた。

魔法陣

1

「とにかく話だけでも聞いてやってくださいよ」

戸口で制服を着た地域課の課長が、困惑した顔で訴えている。

鎌倉署の一室。中央には細長いテーブルがあり、その周囲にパイプ椅子が置かれている。部屋の奥にはロッカーがあり、その前には段ボール箱が積んである。

どこの警察署でも見かけるありきたりの部屋だ。だが、その部屋の戸口に立つ地域課長は落ち着かない様子だ。

ここに来る署員は誰でもそうだ、と岩切大悟《いわきりだいご》は思った。

この部屋は、R特捜班と呼ばれる係の部屋だ。番匠京介《ばんしょうきょうすけ》係長以下、四人の係員がいる。大悟は係員ではないが、この部屋にいることが多い。

大悟は、神奈川県警本部の刑事総務課刑事企画第一係の所属だ。彼は、県警本部の他部署とR特捜班の連絡係だ。

「話を聞くだけならいいだろう?」

地域課の課長が追い討ちをかけるように言った。

番匠が眠たげな表情のままこたえた。

「そりゃ、話を聞くだけならね」

この人はいつも眠そうだ。どんなときでもだ。大悟は、番匠が慌てふためいたり、大声を上げたりしたのを一度も見たことがなかった。

何事にもこだわらない性格のようだ。現に今も、相手は課長だというのに、タメ口をきいている。

「冗談じゃない」

厳しい声でそう言ったのは、主任の数馬史郎《かずましろう》部長刑事だった。「そういうマル精は、地域課で面倒を見てくれないと……」

数馬は、ほっそりとしていて背も高くない。それでいて妙な迫力を感じさせる。鋭い眼光のせいかもしれないと、大悟は思っていた。

「そんな……」

地域課長が言った。「マル精だなんて……」

マル精というのは、精神に異常を来《きた》している人を指す警察の符丁《ふちょう》だ。

「だって、そうだろう」

数馬が言う。「悪魔の呪《のろ》いから保護してくださいなんて、普通、警察に言ってくるか?」

じゃあ、あんたらは何のためにいるんだ。大悟は心の中でそうつぶやいた。それから、はっと、R特捜班のメンバーを見回した。

「いいじゃん。本当に悪魔の呪いかもしれないよ。話、聞いてやろうよ」

そう言ったのは、鹿毛《かげ》睦丸《むつまる》だ。いつものように整髪料で髪をつんつんと立てており、あちらこちらに鋲を打ちつけた黒い革のジャンパーを着ている。とても警察官には見えない。どう見ても、インディーズのパンクロッカーだ。

数馬が鹿毛を睨んだ。

「なら、おまえが話を聞いてやるんだな。俺はご免だ」

「どうしてさ」

「悪魔なんて、お門違いだよ。俺は神道の神官だからな」

「悪魔という言い方をするからキリスト教限定だと思っちゃうんだろう？　魔だと思えば、すごく普遍的な存在だよ」

R特捜班の紅一点、比謝里美《ひじゃさとみ》は、男たちの会話を、自分とはまったく関係ないとでも言いたげな顔でぼんやりと聞いている。

「魔はただの概念だ。人と人との関係性や、人と気候風土の関わりの中で生まれてくる忌み事だ」

数馬が言うと、鹿毛が反論した。

「そうとも限らないよ。人知を超えた邪悪なものが存在することはたしかだ。それを総称して魔と呼んでいるんだ」

「おまえは、密教坊主だからそんなことを言うんだ。それは大陸かぶれの言い分だ」

「そんなことはないよ。もともと日本にだって、同じようなものはいたはずだ」

「ええと……」

地域課長が、すっかり困り果てた様子で言った。「話を聞いてくれるんですか、くれないんですか?」

番匠は言った。

「まあ、仕事だからね。話は聞くよ」

「じゃあ、連れてくるから……」

地域課長はいったん姿を消した。

「宗教や心霊に関する知ったかぶりに付き合わされるのはご免ですよ」

数馬が番匠に言った。

「一般市民の苦情を聞くのも警察の仕事の一つだよ。しかも、今回は保護願いを出したいと言っているそうじゃないか。そういうのを無視して殺人事件にまで発展した例があっただろう?」

「ストーカーと悪魔は違いますよ」

「まあ、ある意味似たようなものだけどね」

里美がのんびりとした口調で言う。「ストーカーなんて、魔に憑《つ》かれた人だからね」

数馬が、顔をしかめる。

「人間の異常な行動を、何でもかんでも魔や霊のせいにするな」

鹿毛が薄笑いを浮かべる。

「霊能力があるくせに、頭が固いなあ……」

「おまえらが、脳天気すぎるんだ。だから霊能力や超能力が、世間から白い目で見られる。俺は心霊が関わるものとそうでないものを、ちゃんと区別したいだけだ」

「はい、そこまで」

番匠が言った。「お客さんだよ」

戸口に再び地域課長が姿を見せた。

「お連れしたよ。あとはよろしく……」

地域課長の後ろから、年齢不詳の女性が現れた。おそろしく肉付きがいい。よく言えばふくよか、有り体《てい》に言えばデブだ。

地域課長が去ると、番匠が言った。

「むさくるしいところだけど、入ってかけてください」

太った年齢不詳の女性は、入り口に一番近いパイプ椅子に腰を下ろした。椅子がぎしっと鳴った。

そこは、大悟から一番近い席だった。

「さて……」

番匠が言った。「保護を願い出ておられるのですね？」

「はい。そうなんです」

「まず、お名前と住所をお聞かせねがえますか？」

「黒谷《くろたに》真佐子《まさこ》。住所は、鎌倉市雪ノ下四丁目……」

雪ノ下四丁目といえば、警察署の近くだ。「それで、保護をお望みなのは、ご本人ですか？」

番匠は丁寧な言葉遣いをしている。相手が一般市民とあって気をつかっているらしい。最近、全国的に警察官の不祥事などが続き、警察の評判があまりよくないし、昨今では失礼な態度を取るだけで訴えられかねない。

「いいえ、私じゃありません」

黒谷真佐子は、大げさに目を丸くしてみせた。なんだか演技をしているようだと、大悟は思った。

「では、どなたを……?」

「地域課の人にはお話ししたんですよ。お聞きじゃないんですか?」

切り口上だ。数馬がちらりと番匠のほうを見た。やはり要注意人物だと言いたげだ。番匠はまったく気にした様子はなかった。

「えーと、概略は聞いておりますが、直接お話をうかがいたいのです。どなたを保護すればよろしいのですか?」

「近所の女子高校生です。沙也香《さやか》ちゃんっていうんですけど……」

「フルネームを教えてください」

「遠藤《えんどう》沙也香。明淑学院高校に通っています。二年生です」

明淑学院高校といえば、お嬢さん学校で有名だ。私立高校で、偏差値もそこそこだ。進学率も悪くない。

「えーと、たしか悪魔とか悪霊なんかから守ってほしいというような……」

「そうなんです」

黒谷真佐子は、真剣な表情でうなずいた。

「実を言うと、私ら戸惑っています。今までそんな届けや願い出を受けたことがないので……」

「悪魔召喚《しょうかん》をやっちゃったんです」

「悪魔召喚……?」

番匠が、鸚鵡返しに尋ねた。だが、まったく驚いた様子もなかった。

数馬がそっと両目を天井に向けた。

「はい。魔法陣《まほうじん》を使って……」

「それで、本当に悪魔を呼び出しちゃったというんですか?」

黒谷真佐子は、しかつめらしい表情で何度もうなずいた。

「どうも、そうらしいんです。私も、ちょっとそっちの力があるので、霊視してみたら、やはり何か憑いているようなんです。なんか、こう、すごく邪悪なものが……。私、沙也香ちゃんのそばに行くだけで、全身に鳥肌が立ったんです。あんなことは初めてです」

へえ、この人も霊能力があるのか……。

大悟は素直に驚いていた。だが、数馬をはじめとするR特捜班のメンバーの反応は冷ややかだった。

「魔法陣を使って悪魔を呼び出した。その悪魔から守ってやってほしい……。こういうことですね」

番匠は、眠たげな表情で尋ねた。

「そうです」

黒谷真佐子は、顔を紅潮させている。鼻息が荒くなっていた。彼女の真剣さを物語っていた。

短い沈黙の間があった。番匠が言った。

「警察ではなく、お祓《はら》い師か祈禱《きとう》師のところに行かれたほうがいい。本当に悪魔だというのなら、教会でもいいでしょう。エクソシズムをやってくれるかもしれない」

黒谷真佐子の目尻がたちまち吊り上がった。

「警察は守ってくれないというのですか?」

「守ってさしあげたいが、相手が悪魔となると、どうしようもありません」

「ここ、R特捜班なんでしょう?」

大悟はびっくりした。一般人にまでR特捜班のことが知られているとは思ってもいなかった。

「そうですよ」

「心霊現象がらみの事件を担当するんでしょう?」

「あのですね」

番匠は、あくまでも穏やかに言った。「私らは、刑事なんでね。刑法犯を捕まえるのが仕事です。たしかに、ちょっと変わった事件が起きることがあります。関係者が、心霊現象だと言い出すことも、たまにあります。そうした事件の際に、捜査員たちの手助けをするのがR特捜班の役割なんです。悪魔や悪霊と戦うのが仕事なわけではありません。その筋のプロはいくらでもいます」

「まあ、たいていはインチキだけどね」

鹿毛が、まぜっ返す。

番匠は取り合わなかったが、数馬が鹿毛を睨みつけた。

黒谷真佐子は、ますます顔を紅潮させ、鼻息を荒くした。今度は怒りのせいらしい。

「実際に、沙也香ちゃんの友達は被害にあっているんですよ。いっしょに魔法陣で悪魔召喚の儀式をやった仲間たちです。それなのに、警察は何もしてくれないんですか？」

番匠はふと眉をひそめた。

「被害……？　どういう被害なんです？」

「沙也香ちゃんたちは、四人で悪魔召喚の儀式をやったんです。そのうちの一人は、部活中に、大怪我をして入院しちゃったんです。別の子は、交通事故で入院しちゃうし、三人目は、肺炎を起こして入院。ねえ、四人のうち、三人が入院してるんです。悪魔のせいだとしか思えません。今のところ、無事なのは沙也香ちゃんだけなんです」

数馬と鹿毛が無言で視線をかわした。大悟には、彼らが何を考えているかまったくわからなかった。

番匠が言った。

「たしかに、四人のうち三人が入院されるというのは妙ですね……」

黒谷真佐子は勢いづいた。

「だから、普通じゃないって言ってるでしょう。沙也香ちゃんの背後にこう……、なんというか、暗黒が見えるんです」

「暗黒が見える……」

「はい。さきほども言ったように、私にも多少そちらの力がありますので……」

番匠は、ふと天井を見上げた。何か考えている様子だ。それから、数馬を見て言った。

「どう思う？　単なる偶然かな？」

数馬は小さく溜め息をついてから言った。

「四人のうち、三人が入院というのは、偶然とは思えませんね」

黒谷真佐子が大きくうなずく。

「そうでしょう?」

「合理的な理由があると思います」

数馬は続けて言った。「魔法陣で悪魔召喚の儀式をやるなんて、異常な体験です。彼女らは、自らの行いに恐れおののいていたのでしょう。なんてことをやってしまったのだろう。あんなこと、やらなけりゃよかった。そう思い悩んでいたに違いありません。そのために、注意力が散漫になっていたのでしょう。部活で怪我をした子がいたと言いましたね? どんな部活なんです?」

「体操部です。平均台から落下したということです」

黒谷真佐子のその言葉に数馬はうなずいた。

「ただでさえ危険の多い種目です。注意力を欠いていたら、怪我をするのも不思議ではない。交通事故もそうです。普段なら気をつけているような場所を、気もそぞろで歩いていたら事故にもあいます。肺炎については、今、インフルエンザが流行《はや》っていますからね。気をつけないと肺炎にまで悪化することもあるでしょう」

黒谷真佐子の目がさらに吊り上がった。

「悪魔の仕業じゃないとおっしゃるんですか?」

「違うと思いますね」

「でも、たしかに沙也香ちゃんの背後には何かが憑いているんです」

「それは、思い込みじゃないですか？」

数馬の言葉は冷ややかだった。「悪魔召喚をしたという話を聞いて、悪魔が取り憑いていると思い込んでしまったら、見えないものも見えるような気がするものです」

「失礼ですけど、特別な力のない人には、こういう現象、わからないと思います」

鹿毛が失笑した。里美も笑い出した。

黒谷真佐子は、きょとんと二人を見た。

「何がおかしいんです？」

「あのね」

鹿毛が言った。「その人も立派な霊能力者なんだけど」

黒谷真佐子は怯《ひる》まなかった。

「ならば、沙也香ちゃんを霊視してください。そうすればわかります」

「その必要はないと思います」

数馬は言った。「魔法陣のことなど忘れて、注意深く日常生活を送るように言ってやってください。そうすれば、問題は起きないはずです」

「沙也香ちゃんを助けてくれないのね？」

だんだん、ヒステリックになってきた。

数馬は、うんざりした顔になった。

「何でも悪霊だの悪魔だののせいにしてはいけません。私たちにできることはありません」

黒谷真佐子は、口をアルファベットのOの形にして、数馬を見つめた。あきれ果てていることを表現しているのだろう。

数馬はかまわずに言った。

「さあ、沙也香さんとやらに、何も心配ないから、余計なことを思い悩まないように言ってやってください」

「帰れということ？　本当に何もしてくれないの？」

「再三申し上げているように、私たち警察にできることはありません」

黒谷真佐子は、怒りで顔を真っ赤にした。今にも爆発しそうだった。

これは、ちょっとやそっとでは収まりがつかないぞ。大悟はそんなことを思いながら、成り行きを見守っていた。

そのとき、鹿毛が言った。

「ちょっと待ってよ。数馬主任が言ったことは、それなりに理屈が通っているけど、それを確認する必要があるんじゃない？」

また数馬が鹿毛を睨んだ。

「確認する必要だと……？」

「そうだよ。数馬さんが言ったのは、あくまで仮説だろう？　それを確認するのも警察の仕事なんじゃないの？」

数馬は苦い表情だ。

「そんな必要はないと思うがな……」

鹿毛は、番匠に言った。

「ねえ、係長。調べてみて、霊障《れいしょう》じゃなかったということになれば、それに越したことはないわけだし……」

番匠はまた天井を眺めて何事か考えていた。やがて、彼は言った。

「そうだね。まあ、やってみるか……」

数馬が何か言いかけて、思い直したように黙りこくった。

番匠が大悟に言った。

「少年育成課か少年捜査課と連絡を取って、誰か寄こすように言ってよ」

大悟は驚いた。

「少年育成課か少年捜査課ですか?」

「そう。少年について調べるんだから、少年担当の課の誰かが必要だろう」

法律用語では、女性でも少年という言い方をする。

「わかりました」

大悟は言われるままに手配することにした。

2

その日の夕刻、大悟を含めたR特捜班の面々は、黒谷真佐子に案内されて、明淑学院高校を訪ねてみることにした。少年育成課から、沢渡《さわたり》という捜査員がやってきて、付き合ってくれた。

沢渡は、三十代後半の捜査員で、見た目は少年育成課よりマル暴のほうが向いていると、大悟は思った。髪をほとんど坊主刈りに近いほど短く刈っており、口髭を生やしている。黒いスーツにノーネクタイなので、よけいにその印象が強い。

沢渡は、R特捜班の部屋にやってくるなり、言った。

「俺はガキが大嫌いでさ……」

それで、よく少年育成課が務まるものだと大悟は思った。だが、少年育成課なんかにいるから、少年嫌いになるのかもしれなかった。

明淑学院高校は、女子校だ。大悟は、正門を入ったときから、なんだかくすぐったいような気持ちになった。捜査に来たんだから、余計なことは考えるべきではない。だが、やはり女子校というのは、何か特別の場所のような気がする。

黒谷真佐子は、学校の内部に詳しい様子だった。聞いてみると、彼女はこの学校の出身だという。

「ここです」

彼女は、校庭の端に大悟たちを案内すると、指をさしてある場所を示した。

「驚いたな……」

番匠が、まったく驚いたそぶりもなくそう言った。「魔法陣がそのまま残っているんですね……」

「私が学校の関係者に連絡して、そのままにしておくように言ったのです。へたにいじると、その人にも災いが降りかかるおそれがありますからね」

「そんなことはあり得ないよ」

数馬が小さな声で言った。幸い黒谷真佐子には聞こえなかったようだ。

「四人の生徒たちが儀式をやったというのは、いつのことですか？」

番匠が黒谷真佐子に尋ねた。

「ちょうど一週間前ですね」

「その一週間で、四人のうち三人が相次いで病院に入院することになったわけですね？」

「そういうことです。儀式の翌日、体操部の女の子が平均台から落下して腕と鎖骨《さこつ》を骨折しました。その翌々日に、二人目が交通事故にあいました。三人目が肺炎で入院したのは、昨日のことです。沙也香ちゃんはすっかり怯えてしまって、学校を休んでいます」

校舎を見ると、窓から生徒たちが大悟たちの様子を窺うように見ている。不安そうな生徒もいるし、明らかに面白がっている様子の生徒もいる。

黒谷真佐子が言った。

「すでに噂が広がっているんです」

鹿毛が尋ねた。

「噂……？」

「そう。沙也香ちゃんたちが、悪魔を召喚してしまったという噂です」

数馬が顔をしかめた。

「まさか、みんなはそれを信じているわけじゃないだろうな？」

「信じていますよ」

黒谷真佐子は平然と言った。

「ばかばかしい……」

数馬が吐き捨てるように言うと、沢渡が言った。

「今の女子高生は、ものすごく迷信に弱いんだ。オカルト好きだしな。要するに、幼稚なんだ。ゲームの世界と現実の世界を区別できない」

黒谷真佐子は沢渡に言った。

「現実に、悪魔を召喚してしまったんですよ」

鹿毛が、魔法陣の脇に立ってしげしげと見つめていた。

地面に砂で描いたものだ。大悟も鹿毛の隣に立って眺めてみた。円形の中に正方形が二つ重なり合って、八芒星《はちぼうせい》の形を作っている。円は二重になっており、内側の円に沿って、記号が並んでいる。その記号には見覚えがあった。星占いの十二星座のマークだった。中央には月と星のマークが描かれている。

二つの円の間の隙間《すきま》にびっしりと、見たことのない記号が並んでいた。

大悟は鹿毛に尋ねた。

「あの記号は何です？」

「一般に魔法文字と呼ばれているものだ。どこであんなものを調べたのか……」

里美が言う。

「あーら、あんなもの、今はネットで調べればすぐに出てくるわよ。少女マンガなんかでも時々見かけるし、ゲームにも出てくるわよ」

「恐ろしい時代になったもんだ」

鹿毛は、皮肉な笑いを浮かべる。大悟は尋ねた。

「この魔法陣て、効果あるんですか?」

「あるかもしれない」

その一言に、大悟はぞっとした。

「つまり、本当に悪魔を召喚してしまった可能性もあるということですか?」

「可能性はあるよ。問題は、魔法陣じゃないんだ。魔法陣は霊能者や魔術使いの能力を増幅させる効果がある。本当に能力がある人が使えば、悪魔召喚だって不可能じゃないだろう。実は、こんなに複雑な魔法陣なんて必要ないんだ。陰陽道《おんみょうどう》では五芒星《ごぼうせい》を使うだけだ」

「何をばかなこと言ってる」

背後から数馬の声が聞こえた。「こんなのは子供の遊びに過ぎない」

鹿毛は何も言わずに肩をすくめた。

番匠が一同に言った。

「とにかく、聞き込みをやってみよう。学校には話を通しておく」

番匠と沢渡、大悟と数馬、鹿毛と里美がそれぞれ組んで手分けして聞き込みを始めた。

黒谷真佐子は、番匠たちについていった。

大悟と数馬は、体育館に向かった。そろそろ部活が始まる頃だ。体操部で、部員が平均台で怪我をしたときの様子を聞こうと思ったのだ。

レオタード姿を想像して、ちょっとどきどきしていたが、体操部の部員たちはジャージの上下を着ていた。

大悟は、彼女らに近づいて警察手帳を提示した。

「ちょっと、先日の事故について聞きたいんだけど……」

少女たちは猜疑心《さいぎしん》に満ちた目を大悟に向けてきた。思わずたじろいでしまった。

「あの……、そのときの様子とか、詳しく聞かせてくれないかな……」

部員たちは、互いに顔を見合っている。誰も何も言おうとしない。

数馬が言った。

「事故の前とか、本人の様子に何かおかしなことはありませんでしたか?」

きわめて事務的な口調だった。こういう場合はそのほうがいいのかもしれない。一人の部員が意外なほどしっかりした口調でこたえた。

「たしかに様子は変でした。当然でしょ。魔法陣で悪魔を呼び出したりしたんだから……」

「そんなこと、できやしないんですよ」

数馬は言った。「よほどの霊能力がないとね」

少女たちは、また顔を見合って、ひそひそと何事か話し合った。

大悟が言った。

「まあ、四人のうち、三人が入院しちゃったっていうんだから、気味が悪いのはわかるけど……」

さきほどの少女がきょとんとした顔で言った。

「四人……？　あら、五人じゃないんですか？」

数馬が眉をひそめる。

「五人……？　どういうことです？」

「沙也香たちは、いつも五人いっしょに行動してたから……。何をするにもいっしょでした」

「その五人組の名前はわかりますか？」

「全員の名前を教えてください」

「ええ、もちろん」

彼女は、他の部員たちに確認を取りながら、遠藤沙也香を含む五人全員の名前を数馬に伝えた。数馬はそれをメモした。大悟も同様にメモした。

事故のときの様子などを詳しく訊き、その場を離れた。体育館を出ると、大悟は数馬に尋ねた。

「いつも五人で行動しているのに、悪魔召喚の儀式は四人でやったということでしょうかね？」

「どうだろうな……。その数の違いに何か意味があるかもしれない」

魔法陣のところに戻ると、ほどなく番匠たちもやってきた。

「何かわかった？」

番匠に訊かれて、数馬がこたえた。

「遠藤沙也香たちは、いつも五人組で行動していたそうです。なのに、魔法陣の儀式は四人でやった……」

数馬は、黒谷真佐子を見た。「これ、どういうことだと思います」

「知りませんよ」

黒谷真佐子が口を尖らせる。「沙也香ちゃんは、私の友達だけど、ほかの子は知らないんだから……」

「明淑学院か……」

沢渡がつぶやくように言った。「あまりいい噂を聞かねえな……」

番匠が沢渡に尋ねた。

「ほう、例えば……？」

「町田あたりで、けっこう悪さしているみたいだ」

「どんな悪さ？」

「売春とか、ドラッグの売買とかさ……」

番匠が眠そうな半眼で、沢渡を見た。

「あんた、知ってて手伝いに来たね」

沢渡は、ほくそえんだ。

「ま、沙也香ちゃんたちが、売春してるって言うの？」

黒谷真佐子が、驚くほどの大声を上げた。「冗談じゃないわ。沙也香ちゃんは、そんな子じゃありませんからね」

「その子が直接関係あると言ってるわけじゃない。ただ、この学校の生徒でそういうことをやっているやつらがいるという噂があると言ってるだけだ」

「ただの噂でしょう？」

番匠が、沢渡に言った。

「当然、内偵《ないてい》してるんだろう？」

「本格的な調べはこれからだよ。岩切から話が来たとき、今回の件が捜査のきっかけになるんじゃないかと思ってな」

「なんだ」

数馬が言った。「俺たちに協力するんじゃなくて、俺たちを利用しようとしたわけか……」

「そう言うなよ。持ちつ持たれつってやつさ」

黒谷真佐子が憤然とした面持ちで言った。

「沙也香ちゃんが、売春に関係しているなんてこと、絶対にあり得ませんからね」

「何の話だ？」

鹿毛の声がした。里美とともに戻ってきたのだ。

大悟は、今しがたの会話をかいつまんで鹿毛と里美に説明した。鹿毛が言った。

「ああ、遠藤沙也香たちがいつも五人でつるんでいたことは、俺たちも聞いた。儀式に参加しなかった生徒の名は、桂木沙樹《かつらぎさき》……。なんで今時の若いやつらは、みんな芸能人みたいな名前なんだろうな……」

沢渡がこたえた。

「親のセンスの問題だよ」

数馬が、鹿毛に尋ねた。

「なぜ、その桂木って子だけが、儀式に参加しなかったんだ？」

「……というか、四人は桂木沙樹に内緒で儀式をやったらしいよ」

「仲間はずれか？　なぜだろうな……」

「仲間はずれというのとはちょっと違うんじゃないかな」

里美が言った。「だって、その沙樹って子、五人組のリーダー的な存在だったらしいわよ」

「ところで……」

番匠がまったく緊張感のない口調で黒谷真佐子に尋ねた。「大切なことをまだ訊いてなかった。保護願いは、遠藤沙也香さんご本人の希望なの？」

「ええ、もちろん」

「本人に話を聞く必要があるなあ……」

「沙也香ちゃんは、すごく怯えていて精神的にも不安定な状態なんです。だから私が代理人として警察を訪ねたんです」

「代理人……。あなた、弁護士か何かの資格、持ってる？」

「いいえ」

「じゃあ、法的な根拠にとぼしいなあ……。比謝君、本人から話、聞いてきてよ」

「えー、あたしがあ……？」

「相手は若い女性だからね。婦警の出番だよ」

「係長、今時婦警なんて言ったら、問題になりますよ。女性警察官と言わなきゃ……」

「馴染《なじ》まないんだよね。俺は今でも、看護婦って言うし、婦警って言うよ。婦人という言葉にはもともと差別的な意味合いなんてまったくないんだから……」

「俺もいっしょに行こう」

沢渡が言った。「少年育成課の者がいたほうが何かと便利だろう」

「尋問の際には、私も同席させてもらいますよ」

黒谷真佐子が言った。「私、代理人ですからね」

番匠が言った。

「尋問なんて大げさだなあ。ただ、話を聞きに行くだけだよ。じゃあさ、岩切君も付き合ってやって」

「え、僕がですか……?」

「R特捜班と他部署の連絡係だろう。少年育成課も行くっていうんだからさ……」

「わかりました……」

「じゃあ、私らは桂木沙樹のほうを当たってみるから……」

番匠、数馬、鹿毛の三人は校門に向かった。

里美が、黒谷真佐子に言った。

「さて、遠藤沙也香さんの自宅に案内してもらおうかしら」


大悟たちは、雪ノ下四丁目にやってきた。沙也香は、黒谷真佐子と同じ町内に住んでいるのだ。このあたりは、古い住宅街で、いかにも鎌倉らしい邸宅がところどころに見られる。

沙也香の自宅も立派な一軒家だった。まず母親が応対してくれて、大悟たち一行は奥の和室に通された。重厚な座卓が中央に置かれている。

しばらくして、ジーパンにトレーナーという恰好の少女が部屋にやってきた。沙也香だ。

黒谷真佐子が、密かに両手で印《いん》のようなものを結んでいる。

悪魔が憑いていると思い込んで、魔除けのおまじないでもしているのだろう。

「ねえ、本当に憑かれているんですか？」

大悟はそっと里美に尋ねた。里美は、しばらく沙也香を見つめていた。沙也香は、おどおどしているように見える。

ややあって、里美が大悟に耳打ちした。

「何にも憑いてやしないわよ」

そんなことだろうとは思っていたが、ちょっと拍子抜けする思いだった。やはり、黒谷真佐子の思い込みに過ぎなかったのだ。

里美が沙也香に話しかけた。

「お友達が事故にあったり、病気になったりで、次々と入院したのよね」

沙也香は、上目遣いに里美を見て、うなずいた。顔立ちは悪くないと大悟は思った。だが、おどおどしているせいか、印象が暗い。

「それが、魔法陣で悪魔を呼び出しちゃったせいだと思っているわけね？」

沙也香はまた無言でうなずく。

「それで、警察に守ってほしいと考えているわけ？」

「それは……」

沙也香が初めて口を開いた。「あたしが言い出したんじゃない。真佐子さんが……」

黒谷真佐子が割って入った。

「R特捜班のことは以前から知っていたの。心霊現象専門の捜査員たちがいるって……。こういうときのためにいるんじゃないの？」

里美は、黒谷真佐子にほほえみかけた。

「本当に心霊がらみならね……」

「ちょっと、それ、どういうこと？」

里美は、黒谷真佐子の質問にはこたえず、沙也香への質問を続けた。

「悪魔召喚なんて、誰が言い出したの？」

「由紀恵《ゆきえ》」

「由紀恵さん……？」

「交通事故にあった子。鈴木《すずき》由紀恵。オカルト好きで、いろいろな本なんか読んでるし、ネットで悪魔召喚のことも詳しく調べていた……」

「そもそも、なんで悪魔召喚なんてやろうと思ったの？」

「別に……」

沙也香は目をそらした。「好奇心だよ」

嘘をついている。それは大悟にもわかった。ましてや捜査員である里美や沢渡が気づかぬはずはなかった。

だが、里美は問い詰めたりはしなかった。

「単なる好奇心の結果が、とんでもないことになってしまったと、あなたは思っているわけね？」

沙也香は、また無言でうなずいた。

「でもね、今回の件に、悪魔なんて関わってないの。あなたも、悪魔を恐がっているわけではなさそうね。何に怯えているか、ちゃんと話してくれない？」

黒谷真佐子が、また口を0の形にした。

「それ、どういうこと？　沙也香ちゃんの背後には間違いなく暗黒が見えるのよ。悪魔が取り憑いているのよ。それがわからないの？」

「うざいなあ……」

里美がつぶやくように言う。黒谷真佐子の目が吊り上がる。

「何ですって。私がうざいって言うの？」

「あなたじゃなくて、あなたに憑いている小者のことよ」

「何よ、それ……」

里美は、溜め息をついてから、背筋を伸ばし、黒谷真佐子に向かって言った。

「さあ、そこから出て、私のところにいらっしゃい」

大悟は、里美が何をしているのかわかっていた。理解はできないが、やっていることはわかる。里美は霊媒《れいばい》体質なのだ。他人に憑依《ひょうい》しているモノを自分に移し、無力化するのだ。

「な……」

黒谷真佐子は、何か言いかけたが、それは言葉にならなかった。一度体を硬直させると、そのままばたりと横に倒れてしまった。

大悟と沢渡が腰を浮かせた。

「だいじょうぶ」

里美が言った。「すぐに気がつくはずよ」

沢渡が尋ねた。

「何が起きたんだ？」

里美がこたえた。

「狐か狸のような低級霊ね。それがいたずらして彼女に見えないものを見せていたの」

沢渡が説明を求めるように、大悟を見た。大悟は、肩をすくめるしかなかった。

「R特捜というのは、そういう人たちなんです」

沙也香も、すっかり驚いた様子で里美を見つめていた。里美は、沙也香に言った。

「ねえ、お友達が入院をした本当の理由、あなた、知っているんじゃない？　だから、真佐子さんが警察に保護を頼もうと言い出したときに断らなかったんでしょう？　違う？」

沙也香はすっかり毒気を抜かれてしまった様子だった。彼女はおろおろと、里美、大悟、沢渡の三人の顔を順番に見た。

　里美がもう一度、優しく言った。

「話してちょうだい。でないと、あなたを守れないの」

沙也香は、一度ごくりと唾を呑《の》み込んだ。それから、すがるような目になって言った。

「あたしが何かしゃべれば、あたしもひどい目にあう……」

「だいじょうぶ。そうならないように、あたしたちが守るから……」

「本当に……？」

「そう。あなたには真実を話してもらわなければならないの」

沙也香は、迷っている様子だった。しばらく考えた後に、彼女は言った。

「沙樹なの……」

「桂木沙樹さん？」

「そう。沙樹は、最近彼氏ができたんだけど、それが悪いやつで……。由紀恵が怪我をしたのも、たぶんそいつのせい……」

「交通事故……？」

「そう。そいつの仲間にやられたんだと思う」

「どうして？」

「由紀恵が悪魔を召喚しようって言い出したことを、沙樹に知られちゃったの。沙樹がそいつに話したんだと思う」

「そのボーイフレンドの名前は？」

「町田で、ナギって呼ばれている」

沢渡が言った。

「町田のナギ……。永井《ながい》友晴《ともはる》だ」

大悟は沢渡に尋ねた。

「知ってるやつですか？」

「ああ、少年時代から札付きだ。少年院にも行っているし、鑑別所にも入っている。ドラッグの売買、傷害事件、強姦、恐喝、窃盗、何でもござれだ。今は、自称ダンサー兼ＤＪだ」

「そう。そいつ」

沙也香が言った。「そいつ、自分でヒップホップのダンサーだって言ってた。クラブでDJもやってるって……」

沢渡はうなずいた。

「どうやら、明淑の悪い噂の元凶は、ナギらしいな」

里美が沙也香にさらに尋ねた。

「そのナギがあなたたちに、何かをさせようとしたのね？」

「ウリだよ。客取れって……」

大悟は驚いた。

「沙樹って子、友達なんだろう？　その彼氏が君たちに売春の強要を……？」

「沙樹、ナギと付き合いはじめて、すっかりおかしくなっちゃったんだ……。人が変わっちゃったんだ」

沢渡が言った。

「ドラッグのせいだろうな……。覚醒剤を打たれているかもしれない」

おそらく沢渡の言うとおりだと、大悟は思った。

「あたしたち、ナギのことがすごく恐かった。でも、沙樹がいるから逃げられない」

沙也香が言った。「マジ、どうしていいかわからなくて……。そしたら、由紀恵が悪魔を呼び出してナギをやっつけてもらおうって言い出して……」

大悟はこの一言に仰天《ぎょうてん》した。少女たちは本当に真剣に考えたのだろうか。その結果が、悪魔の召喚だったというのか。

彼女たちが置かれている現実と、その認識のギャップに驚いたのだ。今の子供たちは、おそろしく危うい世界に生きているのかもしれない。現実と非現実の区別がついていないのではないだろうか。

沢渡が苦い顔をした。

「悪魔になんぞ頼らずに、最初から警察に相談すべきだったな」

里美が言った。

「まあ、経緯はどうあれ、結果的に警察に保護を願い出たってのは、正解よね。よく話してくれたわ」

里美が沢渡に言った。

「これ、R特捜の範疇《はんちゅう》を超えているわ」

「ああ、わかっている。生活保安課や、組対《そたい》本部の薬物銃器対策課にも知らせて、ナギに対する包囲網を作る。あとは俺たちに任せてくれ」

「あら、ずいぶん入れ込んでるわね」

「俺はガキが嫌いだが、ガキを食いものにするやつはもっと嫌いだ」

そのとき、がばっと黒谷真佐子が起き上がった。

「あら、私、何していたのかしら……」

顔から険が消えている。どこかぼうっとした印象に変わっていた。

里美が間延びしたような口調で言った。

「お疲れのご様子ね。よくお休みだったわ」

3

R特捜班に戻ってきた数馬と鹿毛の様子がちょっとおかしい。

里美が遠藤沙也香から聞いた話を、番匠たちに伝えた。その報告を聞きながらも、数馬と鹿毛は、気もそぞろといった様子だった。

大悟は、番匠にそっと尋ねた。

「あの二人、どうかしたんですか?」

「桂木沙樹に会ってから、ずっとあの調子なんだよね」

「ものすごい、美人だったとか……」

「うーん、かわいい子だったけどね……」

「一目惚れしちゃったとか、そういうんじゃないですよね」

「違うと思うよ。あれ、沢渡は？」

「生活保安課や、組対本部と協力して、ナギに対する内偵を始めるということです。罪状が明らかになったら、身柄を確保するはずです」

「そいつの活動拠点は町田だと言っていたね。じゃあ、警視庁の町田署とも連絡を取り合わないと……」

「そういうことも、ちゃんとやっていると思いますよ。つまり、もう、R特捜班の出る幕はないということですよね」

「だといいんだけどね……」

番匠は、数馬と鹿毛のほうを見た。数馬と鹿毛は、やはり様子がおかしい。

里美が二人に尋ねた。

「二人ともどうしちゃったの？」

数馬がびくりと里美の顔を見た。それから、そっと鹿毛と顔を見合わせる。

「何よ、いったい……」

鹿毛が言った。

「祓わなくちゃな……」

里美が言う。

「あら、あの黒谷って人なら祓ったわよ」

「あんな低級霊の小者はどうでもいい」

里美の表情が曇る。

「なに……？　すごいのがいたの？」

鹿毛が数馬を見た。

数馬は、顔をしかめた。

「できれば関わりたくないんだが、そうもいかないだろうな」

鹿毛がうなずく。

「遠藤沙也香の友達が相次いで入院したっていうの、やっぱり偶然じゃなかったってことだよな……」

里美が驚いた顔で言った。

「なあに、本当に悪魔を呼び出しちゃったとでも言うの？」

鹿毛がこたえる。

「彼女らが呼び出したわけじゃないだろう。遠藤沙也香たちが魔法陣の儀式をやる前から、魔が憑いていたんだと思う」

「桂木沙樹に憑いているっていうわけ？」

数馬がうなずいた。

「そういうことだ。鹿毛が言ったとおり、相次いだ入院は、桂木沙樹に憑いている魔のせいかもしれない」

里美がかぶりを振った。

「でも遠藤沙也香が、交通事故は、ナギというやつの仲間のせいだって……」

「交通事故はそうだったかもしれない。だが、ナギというやつだって、学校の部活での事故を装ったり、肺炎を起こさせたりするのは無理だろう」

「数馬さん、言ってたじゃない。部活の事故は、魔法陣の儀式なんかやったから、恐怖のせいで注意力が散漫になっていたからだって。肺炎はインフルエンザが流行っているからだし……」

「桂木沙樹を一目見たとき、考えが変わった。やつなら、できるし、やりかねない」

「そういえば……」

里美が言う。「ナギと付き合いはじめてから、桂木沙樹はすっかり変わってしまったと、遠藤沙也香が言っていた……。沢渡さんは、ドラッグの影響だろうと言っていたんだけど……」

「ドラッグよりやっかいなものだ。ナギってやつと付き合いはじめて、魔に取り憑かれたってことだ」

大悟はその会話を聞いて、すっかりうろたえていた。

「あの……、本当に、その桂木沙樹という子に魔が取り憑いているんですか？　それ、冗談じゃないんですよね……」

数馬が、大悟を睨んだ。

「俺は、この類の冗談が一番嫌いだ」

大悟だって、霊だとか悪魔だとかいう話は大嫌いだ。だが、R特捜班と付き合う限り、その手の話題を避けることはできない。話題だけではない。妙なことを体験させられてしまうのだ。

鹿毛が言った。

「四人のうち、三人やられている」

里美が言った。

「一人はナギの仲間のせいらしいけどね」

「遠藤沙也香もきっと狙われている。ナギを逮捕しても、遠藤沙也香の身の危険は変わらない」

鹿毛の口調はいつになく緊迫感があった。

それでも番匠は、まったく慌てた様子をみせなかった。彼はいつもと変わらないのんびりとした口調で言った。

「なら、助けてやらなきゃね」

里美が数馬に言った。

「どうするの?」

「桂木沙樹は、必ず遠藤沙也香に危害を加えようとする。ならば、先手を打つ」

鹿毛が、つぶやいた。

「マジ、やべえぜ……」

深夜の学校というのは、気味の悪いものだ。女子校とあって昼間は華やいだ雰囲気だったが、闇に包まれた学校は、まったく様子が違う。

大悟たちは、明淑学院高校の校庭にいた。それぞれに身を隠す場所を見つけて潜んでいる。

昔、学校というのは、かなり開放的で、忍び込むのも簡単だったが、今は警備態勢もしっかりしているので、うかつに足を踏み入れるとたちまち通報されてしまう。

番匠が学校側と交渉をして、ようやく張り込むことができた。

大悟のすぐそばに鹿毛がいた。

「桂木沙樹は、遠藤沙也香の呼び出しに応じますかね？」

かすかにかちかちという音が聞こえた。鹿毛の歯が鳴っているのだと気づいて、大悟は驚いた。

鹿毛の声が闇の中から聞こえてきた。

「話しかけないでくれ。集中力が鈍る」

「すいません……」

こんなに緊張している鹿毛を見るのは初めてのような気がする。

数馬は離れた場所にいるのでわからないが、おそらく数馬も同様に緊張しているのだろう。大悟には想像もできないが、桂木沙樹に憑依している霊的なものは、それだけ恐ろしいものなのだろう。

彼らは魔と呼んでいた。ただの霊ではなく魔物なのだろう。鹿毛がこれほど恐れているということは、へたをすれば命を落とすくらいの相手だということだ。

遠くの水銀灯に照らし出されて、小さな人影が見えている。

遠藤沙也香だ。

R特捜班は、沙也香を説得して、桂木沙樹を呼び出してもらうことにした。沙也香は、まだ沙樹の恐ろしさを知らない。ナギを恐れているだけだ。

だから、簡単にR特捜班の申し出を受け容れてくれた。沙也香は、里美たちが、ナギとの付き合いをやめるようにと、沙樹を説得するものと思っているようだ。

校門がわずかに開いている。その隙間をくぐり抜けるように、細い影が近づいてきた。

沙也香が、そちらを見て手を振った。沙樹がやってきたのだ。

「こんな時間にごめん」

沙樹がこたえる。

「どうしたの？　話って何？」

「話をしたいというのは、あたしじゃないの……」

数馬が二人に近づいて行くのが見えた。警戒心を露《あら》わにした沙樹の声が聞こえる。

「何なの、この人。沙也香、これ、どういうこと？」

鹿毛の声が聞こえた。

「ええい、ちくしょう。なるようになれ……」

物陰から出て行った。

沙樹が、鹿毛のほうを見て、一歩後退した。最後に出て行ったのが、里美だった。

沙也香の声がする。

「話があると言っているのは、この人たちなの」

沙樹の声の雰囲気が変わった。

「沙也香、だましたんだね」

「そうじゃないの、沙樹、聞いて……」

沙樹がさらに一歩さがる。

「うるさい。こいつら、何だ？　気に入らない」

数馬の声が聞こえる。

「祓わせてもらうぞ」

沙樹を通して別なものに語りかけている。それが、大悟にもわかった。

沙樹の声がたちまち変わった。野太い男のような声になる。

「できるものか……」

数馬が応じる。

「やってみるさ」

数馬に、鹿毛と里美が寄り添った。ここは、あの魔法陣があった場所だ。魔法陣はまだそのままに残されていることを確認してあった。

沙樹に憑依した何者かの声が聞こえる。

「そんなものが、何の役に立つ……」

数馬が言った。

「こんなものでも、使う者次第でちょっとは役に立つ」

すでに、鹿毛がぶつぶつと何かを唱えていた。何かの真言《しんごん》なのだろう。鹿毛は、真言密教や修験道に通じている。里美も念を凝らしている様子だ。二人は、数馬のサポートに回っているのだ。

「ふるべ、ゆらゆらと、ふるべ……」

数馬が、その言葉を繰り返した。古い祝詞《のりと》だということだ。

沙樹に異変が起きた。苦しげに身をよじりはじめたのだ。

「何……？　何をしてるの？」

沙也香が叫ぶ。里美が応じた。

「だめ、近づかないで。私たちを信じて」

それからの出来事は、完全に大悟の理解を超えていた。現実の出来事とは思えなかった。

映画のように、派手な光や炎が交錯したわけではない。だが、おそろしい精神集中の世界だったことは、肌で感じられた。

数馬と鹿毛の声が高まっていく。

沙樹が悲鳴を上げて崩れ落ちた。

「抜けたぞ」

鹿毛の声がする。

「任せて」

里美が言う。

沙樹から追い出したものを里美に憑依させるのだ。それは、黒谷真佐子のときもそうだったし、過去に何度か説明を受けたことがあった。にもかかわらず、大悟はいまだに信じられずにいる。

目の前で起きている事実なのに、信じられないのだ。人間の理解力などそんなものだと、大悟は思った。

人間一人をたやすく迷わせるほど強い悪霊が憑依しても、里美はそれを無力化して昇華させてしまうらしい。ある意味、数馬や鹿毛よりも強い存在なのかもしれない。

沙樹は、地面に倒れていた。沙也香が駆け寄る。

里美がぐったりとしている。

数馬の声が聞こえてきた。

「終わったぞ」


「復活するまで、三日もかかったわよ」

里美が言った。「もう、あんなの二度とやりたくない」

いつものR特捜班室の雰囲気だった。

「俺だって嫌だ」

鹿毛がげっそりとした顔で言う。

「あんなことは、滅多にあるもんじゃない」

数馬が不機嫌そうに言う。

大悟はまだあの夜のことが信じられずにいた。夢でも見ていたような気分だ。信じられないのなら、信じないままでいたほうがいいのかもしれない。そんなことを考えていると、戸口に沢渡が姿を見せた。

「ナギの身柄を確保した。大麻と覚醒剤の所持と使用だ」

沢渡は満足げな表情をしている。「そうそう、お客さんを連れてきた」

沢渡が場所を空けると、制服姿の女子高校生が二人いた。片方は沙也香だ。鹿毛と数馬がわずかにのけぞったので、もう片方は沙樹だとわかった。

二人とも晴れやかな顔をしている。

「助けてもらったお礼を言いたくて……」

沙也香が言った。

沙也香が沙樹を肘でつついた。沙樹が照れくさそうに言った。

「なんだか、ずっと夢を見ていたみたいなんです。何をしてくれたのかわからないけど、とってもすっきりしちゃって……」

番匠がうなずいた。

「保護願いが出てたんでね。私ら仕事をしただけですよ」

二人の後ろから、ぬうっと丸い体が前に出てきた。黒谷真佐子だった。

「私もなんだか、すっきりしちゃって……。なんか、R特捜班ってすごい。また、遊びに来てもいいかしら?」

数馬が顔をしかめて言った。

「だめ。警察はね、遊びに来るところじゃないの」

「あたしたちも、また遊びに来たいな」

沙也香が言った。

「あ、そっちなら、歓迎かも……」

鹿毛が言うと、数馬がその頭を丸めた書類で叩いた。その音が、思いのほか大きく響いて、大悟は笑い出したくなった。

人魚姫

1

出勤してきたとき、ミニパトに乗り込もうとする女性警察官の姿が見えて、岩切大悟《いわきりだいご》は、足を速めた。

桑野亜佐美《くわのあさみ》だ。

ミニパトで出発してしまう前に、朝の挨拶《あいさつ》だけでもしたい。

「おはよう」

大悟の声に、亜佐美が振り向いた。ショートカットに交通課の帽子がよく似合っている。大きくてよく光る目が大悟のほうを向いた。

にっこりとほほえむ。

「おはようございます」

「これから出動……？」

「ええ」

「頑張ってね」

「はい。行ってきます」

すでに先輩の女性警察官が運転席で待っている。三十代前半のその女警は、ちらりと大悟のほうを見て、意味ありげにほほえんだ。

大悟は急に恥ずかしくなって目をそらし、正面玄関に向かった。

「あの……？」

後ろから亜佐美の声が聞こえて、大悟は即座に振り返った。

「どうした？」

どきどきしている。

「先輩は、県警本部の所属なんですってね」

「そうだよ」

「R特捜班といっしょに鎌倉署に出向しているとうかがいましたが……」

「うん」

「妙な通報が続いているんで、R特捜班に相談してみたらって……」

「妙な通報……？」

「新興住宅地なんですが、あるT字路で頻繁に事故が起きるんです。実は、これからそこを調べに行くんですが……」

「交通事故だろう？　どうしてR特捜班に相談なんか……？」

「何でも、そのT字路の近くには大きな木があったらしいんです。住宅地の開発で、その木を切ったんですが、それが原因だという住人がいて……」

「木を切った……?」

「梶《かじ》先輩が、ちょうどいいから相談してみろって……」

梶というのは、ミニパトの運転席にいる先輩女警だ。大悟がちらりとそちらを見ると、梶は相変わらずにやにやしている。

「わかった。班長に話をしておくから、戻ってきたら詳しく事情を聞かせてくれ」

「はい。ありがとうございます」

亜佐美は、弾むように駆けていった。身長はそれほど高くないし、童顔だ。だが、見事に引き締まった美しい脚をしている。

その後ろ姿を見て、大悟は思わず溜め息をついていた。

R特捜班は、亜佐美が言ったとおり、所属は県警本部だが、鎌倉署の奥の一室に常駐している。

大悟は、メンバーが顔を揃えるのを待って話しだした。

「あの……、交通課の人に相談されたのですが……」

班長の番匠京介《ばんしょうきょうすけ》が、眠そうな半眼で大悟を見た。この人はいつも眠そうだ。大悟は、番匠が慌てたりうろたえたりする姿を一度も見たことがない。ひょっとしたら、大人物なのではないかと思う。

主任の数馬史郎《かずましろう》は、ちらりと大悟を一瞥しただけだった。

鹿毛睦丸《かげむつまる》と比謝里美《ひじゃさとみ》は、大悟のほうを見ようともしない。

鹿毛は、今日もあちらこちらに鋲を打った黒い革のジャンパーを着ており、髪をつんつんに立てて固めている。

里美は、沖縄美人だ。長い黒髪に、大きな目が特徴だ。

大悟は、亜佐美から聞いた話をそのまま番匠に伝えた。

「木を切ったか……」

話を聞き終わると、番匠は一言つぶやいた。何を考えているか、まったく読めない。

「迷信だよ」

数馬が斬り捨てるように言った。「木を切り倒したくらいで祟《たた》られたら、林業を生業としている人はどうなるんだ」

「でも……」

大悟は言った。「近隣の住民の間にそういう声があるって……」

「正式な訴えがあったわけじゃないんだろう?」

数馬が顔をしかめて言った。「ならば、警察が動く必要はない」

「午後にも、交通課の人が来るかもしれませんよ」

「適当にあしらっておけよ」

「いや、木ってのはばかにできないよ」

突然、鹿毛が会話に参加してきた。「あんたら、神道の連中だって、老木や岩を神の依《よ》り代《しろ》にしているじゃないか」

数馬がこたえた。

「神木はたしかにある。それは否定しない。だが、そこらに生えている木に、祟るほどのエネルギーはない」

「そこらに生えている木かどうかわからないじゃない」

里美が、のんびりした口調で言った。彼女はいつも南国の風と波のリズムを感じさせる。

「切り倒したのが、相当なエネルギーを持った老木だったということも考えられるでしょう？」

「だとしても、だ」

数馬が鹿毛と里美の二人に向かって言った。「警察の出る幕じゃないだろう。神主やお祓《はら》い師に頼めばいいんだ」

「なんでさ」

鹿毛が言った。「俺たち、R特捜班だよ。市民が不安がるような心霊がらみの事案を捜査するのが仕事だろう?」

「俺は、この班に配属されて喜んでいるわけじゃない」

「あんたが不満に思っているかどうかなんて知ったこっちゃないよ。警察の出る幕じゃないと言ったけど、少なくとも俺たちは普通の警察官じゃない」

二人が言い争いを始めそうなので、大悟ははらはらしていた。

「いいじゃないの」

番匠がまったく緊張感のない口調で言った。「交通課の相談に乗ってやれば……。どうせ、暇なんだし……」

数馬は何か言いかけてやめた。

鹿毛が、大悟に尋ねた。

「ちなみに、あんたに相談してきた交通課の人って、誰?」

「あの……」

大悟は、一瞬言いよどんだ。別に、何もやましいことはないのだが、ちょっとためらってしまったのだ。「桑野君です」

「桑野って、あの新人の亜佐美のこと？」

鹿毛が親しげに名前を呼び捨てにしたので、大悟は不機嫌になった。

「そうです」

「何だよ、なんかいい関係なの？」

「そんなことはないです。さっきたまたま玄関で会って……」

顔が火照ってきた。それを気づかれまいとして、さらに態度がぎこちなくなるのを意識していた。

「亜佐美ちゃんねえ……」

里美が言った。「競争率高いわよ」

その一言に、大悟は本気で心配になってきた。

たしかに、あれくらいかわいければ、狙っている人はたくさんいるだろうな……。

「そう、いじめなさんな」

番匠が言った。「それで、桑野はいつ来るの？」

「今、パトロールに行っているようですから、戻ってくるのは夕方になるかもしれませんね」

「まあ、それまでのんびり待つか」

亜佐美が部屋に訪ねてくるというだけで、落ち着かない気分だった。

いつから、こんな気持ちになったのだろう。大悟は、そんなことを考えていた。亜佐美は、今年の春に鎌倉署の交通課に配属になった。初めて会ったときには、ああ、元気でかわいい子だな、くらいにしか思っていなかった。

何度か姿を見かけるうちに、だんだん気になりだしたのだ。

これじゃまるで中学生だよ。

大悟は、我ながら情けなくなってくる。まだ、食事に誘ったこともない。職場ですれ違うときに声をかけるのが精一杯だ。

競争率が高いという里美の言葉を思い出して、気分が重くなった。

亜佐美が現れたとき、戸口が明るく見えた。

大悟は立ち上がるときに、腿《もも》をテーブルにぶつけてしまった。

「さあ、入って。こっちに座って……」

「失礼します」

亜佐美は、きびきびとした口調で言って、R特捜班が常駐している部屋に入ってきた。

この部屋には、個人の机がない。中央に大きなテーブルがあり、班長以下パイプ椅子でそのテーブルを囲んでいるのだ。

大悟は、亜佐美を自分の隣に座らせた。R特捜班のメンバーを全員紹介してから、言った。

「話の概略は説明してある。詳しいことを話して」

亜佐美は、こくんとうなずいてから説明を始めた。

問題の場所は、四年ほど前に造成された新興住宅街で、共同住宅が建ち並んでいる。住宅街の細い路地と、そこそこ交通量が多い片側一車線の幹線道路が交わるT字路で、頻繁に事故が起きるのだ。

ここ一ヵ月で、大小合わせて五件もの事故が起きているという。

新興住宅地にはありがちな、昔からの住人と、新たに越してきた人々とのちょっとした対立もあり、古くからの住人の中から、「あの大木を切ったからだ」という声が上がったのだそうだ。

「大小合わせて五件の事故って……」

鹿毛が質問した。「具体的にはどういう事故が起きてんの?」

「最大の事故が、トラックと乗用車の衝突事故です。運送会社のトラックが、住宅街のほうから幹線道路に出ようとして、出会い頭に乗用車と衝突したのです。トラックと乗用車の運転手が重傷、乗用車の同乗者が軽傷を負いました。その他、原付《げんつき》と乗用車の接触事故、自転車と乗用車の接触事故、自転車と歩行者の事故、自転車同士の衝突……。これらはいずれも幸いにして軽傷で済んでいますが……」

「死人は出ていないのか？」

「今のところは……。でも、このペースで事故が起きていれば、そのうち必ず死亡事故につながるのではないかと……」

「どう思う？」

鹿毛は、数馬に尋ねた。「人を殺すのが目的ではなさそうだ。地縛霊《じばくれい》なんかの仕業じゃなさそうだが……」

数馬は、考え込んでいたが、やがて言った。

「そういう話ならば、地域課でも何か把握しているだろう」

大悟は、地域課から情報を得てくるのは自分の役割だと思った。R特捜班と他の部署の連絡業務が大悟の仕事だ。

「明日までに、話を聞いておきます」

「あのさ……」

番匠が、亜佐美に言った。「明日、現場に案内してくれる？」

「わかりました」

「岩切と、いつでも連絡を取れるようにしておいてくれ」

「はい……」

亜佐美は、立ち上がりぺこりと一礼すると、出口に向かった。大悟はそのあとを追った。

廊下に出たところで、彼女に言った。

「班長が言っていただろう。いつでも連絡を取れるようにしておけって……。携帯の番号とかメールアドレスとか、教えてくれる？」

「もちろんです」

大悟は彼女の携帯番号と、メールアドレスを手に入れた。

部屋に戻ろうとすると、鹿毛と里美が戸口からこちらを覗いていた。

「何ですか……」

大悟は、照れくさくなって、ぶっきらぼうに言った。

里美が言った。

「ふーん、うまいことやったじゃない」

「仕事のためですよ」

「まあ、あれだな……」

鹿毛が言う。「メルアドとかは、手に入れた後が問題なんだ。さて、わが大悟君は、彼女に個人的なメールを打つ度胸があるかな?」

言われてみると、自信がなかった。

突然、親しげにメールを送ったりすると、引かれるおそれがある。かといって、せっかく手に入れたメールアドレスを利用しない手はない。

大悟は、鹿毛に言った。

「すぐにメールしたほうがいいですかね……?」

「あほか。自分で考えろ」

鹿毛と里美は顔を引っ込めた。

2

現場はどこにでもあるような新興住宅街だ。山の一部を切り開き、宅地として造成した。そこにコンビニやスーパーなどを作った。

私鉄の駅まで、バスが通っている。歩いても二十分くらいなので、徒歩で駅を利用している人も少なくないだろう。

住宅街から見て、問題のT字路の向こう側は、林になっている。

現場には、R特捜班と、亜佐美、梶が来ていた。もともと、梶が亜佐美に、大悟と話をするように指示したのだ。梶は、きりっとした女警だ。

大悟は、番匠に言った。

「地域課でも、この件は把握していました。たしかに、大木を切ったための祟りじゃないかという噂があるそうです」

「その木がどこにあったのか、まず確かめてみないとな……」

「あ、それは、古くからこの土地に住んでいる人から聞いてあります」

亜佐美が言った。「ここです」

彼女が指し示したのは、歩道と車道を区切っているガードレールのところだった。

番匠は、R特捜班の三人のほうを向いて尋ねた。

「どう？　何か見える」

数馬は、かぶりを振った。

「見えるというか、一つ明らかなことがありますね」

「何だい？」

「この幹線道路は、微妙な曲線を描いています。そして、この細いほうの道は直角に交わっているようで、実は直角ではない」

番匠はそう言われて、あらためてT字路のほうを眺めた。

「そうだね……」

「こういう交差点だと、ドライバーはしばしば錯覚を起こします。幹線道路が曲線を描いているため林に隠れて見通しも悪い。大きなミラーか信号を設置することを、提案しますね」

梶が腕組みをして、言った。

「あら、R特捜って、案外まともなことを言うのね」

数馬は梶に向かって言った。

「交通課は路上のプロだろう。あんただって、一目見てわかったはずだ」

梶はうなずいた。

「そう。数馬さんと同じ結論だった。ちょっと見直したわ」

「ふん。どうせR特捜なんて怪しげなもんだと思っていたんだろう」

「そうじゃないことがわかった。それでいいじゃない」

「でも……」

里美が言った。「木を切ったせいじゃないけど、このあたり、何かあるわね……」

鹿毛がうなずく。

「何かいるかもな……」

大悟はぞっとした。無類の恐がりなのだ。特に、怪談や心霊話が大嫌いだ。R特捜班と他部署の連絡係を拝命したとき、悪い冗談だと思った。

思わず周囲を見回していた。ふと、幹線道路の向こう側に一人の女性が立っているのに気づいた。

林を背景にして佇んでいる。白いワンピースがよく似合う若い女性だ。色が抜けるように白く、離れていてもとびきりの美人だということがわかる。

きれいな人だな……。何をしているのだろう。

大悟はそんなことを思ってその女性を眺めていた。

道を渡ろうとしているだけなのかもしれない。大きなトラックが続けざまにやってきて、彼女が見えなくなった。

トラックが通り過ぎると彼女はいなくなっていた。

大悟は、全身に鳥肌が立つのを感じた。

「あ、あの……」

鹿毛に言った。「あそこに女の人が立っていたんですけど……」

鹿毛、里美、数馬が同時にそちらを見た。三人はしばらくそのあたりを注視していた。

大悟は言った。

「ひょっとして、幽霊ですか……？」

「いや……」

鹿毛が言った。「俺には何も見えないけど……」

里美が言う。

「あたしにも見えない。本当にいたの？」

大悟は、うなずいた。

「ええ、若い女の人で……」

美人だったと言おうとしたが、亜佐美がいることを意識して、言葉を呑み込んだ。

数馬がにこりともせずに言う。

「なんだ、岩切にも霊感があったのか？　俺たちにも見えないものが見えるってことは、よっぽど霊感が強いとみえる」

「冗談じゃないですよ」

大悟は真剣に言った。「霊感なんてないし、ほしくもありません」

「へえ……」

梶が言った。「R特捜の係員って、本当に霊感があるんだ……」

数馬がしかめ面をした。

「たいしたことじゃない。あんたが、ピアノが弾けるのと大差ないよ」

梶がピアノを弾けることなど、知らなかった。数馬が梶の個人的な情報を知っているこ
とに、大悟はちょっと驚いた。

「でも、変ね……」

里美が言った。「場が変わったわ……」

「ん……？」

鹿毛が周囲の匂いを嗅《か》ぐような仕草をした。「本当だ。なんだか空気が軽くなったな
……」

数馬が鹿毛と里美に尋ねた。

「おまえらが祓ったわけじゃないんだな？」

「祓うも何も……」

鹿毛が言う。「何がいたのかさえはっきりしてないから……」

「まあいい」

数馬が言った。「何にしても、霊障《れいしょう》の類がなくなったということだ」

「霊障……？」

亜佐美が目を丸くして尋ねた。「やっぱり心霊現象だったんですか？」

数馬が、うんざりした顔になった。こうした好奇心を向けられることにほとほと嫌気がさしているようだ。

「まあな。だが、木を切り倒したせいじゃない。何かがいたはずなんだが、なぜだか、祓ったわけでもないのに、いなくなった」

大悟はおそるおそる数馬に尋ねた。

「それって、もしかして僕が見た女の人ですかね？」

「そうかもしれんが……」

数馬がしかめ面でこたえた。「いなくなったんだから、どうでもいいことだろう」

どうでもよくはなかった。

霊を見てしまったことになる。できれば、心霊現象なんて一生経験したくなかったのだ。

「班長」

数馬が番匠に言った。「我々は、もう必要なさそうですよ」

「そうだね」

番匠が言う。「引き上げようか」

R特捜班が車に向かうと、梶が言った。

「付き合ってくれて、ありがとう」

数馬がちらりと梶を見て、ぶっきらぼうに言った。

「仕事だからな……」


鎌倉署に戻ると、大悟は妙に数馬と梶のことが気になりはじめた。

鹿毛にそっと尋ねてみた。

「あの二人、過去に何かあったんですか?」

鹿毛が怪訝そうに大悟を見た。

「何だよ、そんなこと訊くなんて、なんだかあんたらしくないな……」

「そうですかね?」

「そんな、女性誌のスキャンダルみたいな話題に興味があるとは思わなかった」

そこで、鹿毛は気づいたようににっと笑った。「……なるほど、恋をすると人も変わるというわけだ」

その言い方に、大悟は訳もなく苛立った。それが表情に出たようだ。鹿毛がちょっと怯んだような顔をした。

「冗談だよ。マジになるなよ。数馬主任と梶さんのことだったな。あの二人は、かつて付き合っていたんだ」

「本当ですか？」

大悟は気づいた。「数馬さんて、結婚してないんですか？」

「いまだに独身だよ」

「それって、もしかして梶さんと別れたせいですか？」

「さあな……」

大悟は、なんだか無性に悲しくなってきた。二人の失恋に感情移入してしまったようだ。涙さえ浮かべていた。

それを見て鹿毛が驚いたように言った。

「あんた、今日は本当におかしいよ」

そうだろうか。

大悟は思った。報《むく》われない恋。これほど悲しいことがあるだろうか。この世の何よりも重大なことのように感じられた。


その夜、大悟は夢を見た。

幸福に満ちた夢だった。誰かと日の当たるオープン・カフェでお茶を飲んでいる。白いティーカップが日光を反射してきらきら光っている。

木漏れ日が、テーブルを挟んで座っている女性の顔や服で揺れている。

その女性が誰であるかはっきりしない。

昔、好きだった女の子のようでもあるし、ファンだったアイドル歌手のような気もする。

彼女は何事かしゃべっているのだが、はっきりと聞き取れない。

声が聞こえないよ、と大悟が言う。

みんな聞こえない振りをするの、と相手が言う。その表情がひどく悲しげだ。

表情はわかるのに、それが誰かわからない。

もどかしい思いをしているのだが、幸福感は変わらない。

ああ、俺はこの人とこれからの一生を過ごしていくのだな、などと考えている。

彼女がゆっくりとほほえむ。

その顔を見て、相手が誰なのかようやくわかった。

相手は白いワンピースを着ている。

事故が多発するT字路で見かけた女性だ。

ちらりと見かけただけの女性だ。だが、不思議なことに大悟は彼女のことをよく知っていると確信していた。

これから、ずっといっしょよ。

彼女が言った。

大悟は、そのとたんに、言いしれぬ不安に襲われた。

何かをわめいていた。

そこで目が覚めた。

汗をかいていた。

大悟は、天井を見上げていた。胸の中に夢の名残《なごり》があった。甘美《かんび》な満足感と、嵐のように襲ってきた不安感。

時計を見ると、まだ出勤時間までには間がある。だが、二度寝するほどの時間はない。シャワーでも浴びよう。大悟は、もそもそとベッドから抜け出した。


朝から会議があった。

会議といっても、番匠が課長たちとの会議で決まったことを報告するだけだ。R特捜班のメンバーは、いつも四角い大きなテーブルを囲んで座っているので、いつも会議をやっているようなものだ。

番匠が、だらだらと報告を読み上げる。

数馬はメモを取っているが、鹿毛と里美は聞いているのかいないのかわからない態度だ。

これはいつものことだ。

大悟もこれまで気にしたことなどなかった。だが、その日は妙に苛立った。

「メモくらい取ったらどうです」

大悟は、鹿毛と里美を交互に見て言った。

二人は、驚いた顔で大悟を見た。

鹿毛と里美だけではない。数馬が眉をしかめて大悟を見つめた。番匠も報告を中断して、意外そうに大悟を見ていた。

大悟は、彼らの視線が鬱陶《うっとう》しかった。

「何を見ているんです。僕が何か変なことを言いましたか?」

「いや」

鹿毛が言った。「変なのは、言った内容ではなく、あんたの態度だ」

「そんなことはありませんよ。僕はちっとも変じゃない」

番匠が言った。

「いちいちメモを取るほどのことじゃないんだけどね……」

大悟は言った。

「でも、数馬主任はちゃんとメモを取っているじゃないですか」

「これは俺の癖だ」

数馬が言った。「ま、捜査員としての心得だがね……。たしかに、鹿毛や里美は刑事としての自覚が足りないかもしれない」

鹿毛が言う。

「俺は記憶力がいいの」

「人間の記憶なんて曖昧なものだ。覚えているつもりでも、ちょっとしたことが抜け落ちたりする」

「それは、並の人間の話。俺は、特別なんだ」

「おまえのその根拠のない自信はどこから来るんだろうな。おまえなんかちっとも特別じゃない」

「霊能力があるというだけで、かなり特別だと思うよ」

「ふん、そんなものは、ちょっとした体質の違いでしかない」

大悟は、二人の言い合いにも苛々した。番匠に言った。

「会議を続けてください」

「んー、もう報告すること、ないんだけどね……」

引き戸をノックする音が聞こえた。

「どうぞ」と番匠が言う。

戸が開くと、亜佐美が立っていた。

何にも感じない。驚くほど冷めている自分に気づいた。

亜佐美が、戸口で言った。

「あの……、あらためてお礼を言おうと思いまして……」

亜佐美は、ちらちらと大悟のほうを見ている。その視線が煩《わずら》わしくさえ思えた。

番匠が言った。

「いちいちお礼なんていいんだよ」

「いえ、心霊現象に対応してくれるなんて、この部署だけですから」

「それが俺たちの仕事だからね。お礼なら、最初に話を聞いた岩切に言うといい」

亜佐美が大悟のほうを見た。

「ありがとうございました」

大悟は、ぶっきらぼうにこたえた。

「別にいいんだよ」

亜佐美が、どうしていいかわからない様子で佇んでいる。目をぱちくりさせている。そんな仕草がとてもかわいく思えていたのだが、今は子供っぽく見えるだけだ。

鹿毛が言った。

「なんだよ、照れてるのかよ」

「どうして僕が照れなくちゃいけないんですか？」

「おまえの気持ちなんて、お見通しなんだよ」

「何のことを言っているのか、さっぱりわかりませんね」

「すみません」

亜佐美が言った。「お邪魔しました。あたし、失礼します」

戸が閉まった。

里美が、きっと大悟を睨んだ。

「あんた、最低」

「何がですか？」

「あの子の気持ち、わからないの」

「何の気持ちですか？」

里美がふと、眉を寄せた。

「あの子と何かあったの？」

「あるわけないじゃないですか」

なんだか、里美の態度が腹立たしい。

彼女は美人だし、独特の雰囲気を持っているので、前々からどちらかというと好感を抱いていた。だが、今は、そばにいるのも嫌だと感じていた。

それが言葉尻にも出てしまう。

「いいから、人のことは放っておいてください」

鹿毛が、言った。

「昨日からそいつ、なんか変なんだよ」

里美がそれに応じる。

「もしかして、何か拾ってきた……？」

鹿毛と里美がじっと大悟を見つめる。彼らの視線が突き刺さるような気がして、思わず手をかざしていた。

「やめてください」

鹿毛と里美が顔を見合わせた。

「何か見えたか？」

里美がかぶりを振った。

「別に何も憑《つ》いていないみたいだけど……」

数馬が言った。

「何でもかんでも霊のせいにするな。岩切はもともとそういうやつだったのかもしれない」

「主任は相変わらず冷淡だな……」

鹿毛が言う。「こいつは、こんなやつじゃなかったよ。やっぱり、あのT字路の現場に行ってからちょっと変になったような気がする」

「そういえば……」

里美が言った。「現場で女の人を見たと言ってたわね。それ、どんな人だった？」

大悟は、どうしてもその質問にこたえたくないと感じた。理由はわからない。とにかく、そう思ったのだ。

「そんなこと、どうだっていいじゃないですか」

里美に反感を覚える。

「今、霊視したんだろう？」

数馬が言う。「それでも何も見えなかったんだ。俺にも何も見えない。つまり、霊など憑いていないということだ」

鹿毛が、釈然としない顔で言った。

「そりゃそうなんだけど……」

大悟は、この部屋にいるのが嫌になってきた。なんとか出かける口実がほしい。

「ちょっと、県警本部に用があるので出かけてきます」

「本部に……？」

番匠が尋ねた。「何の用？」

「刑事総務の仕事ですから……」

それだけ言い置くと、大悟はR特捜班の部屋をあとにした。

一階の交通課の前を通ったとき、亜佐美の姿を見かけた。以前は、それだけで落ち着かなくなったのだが、今は何とも思わない。

不思議なほどあっさりと冷めてしまった。

こんなこともあるんだな……。

玄関を出たはいいが、行くあてもなかった。ぶらぶらと歩いているうちに、いつしか電車に乗っていた。

携帯電話が振動した。メールの着信だ。

亜佐美からのメールだった。初めてメールをもらったのだ。

短い文章だ。

「先ほどは失礼しました。機会があれば、またいろいろとご指導ください」

つい、二、三日前だったら、それだけで有頂天《うちょうてん》になっていただろう。だが、今はまったくときめかなかった。

返信するのすら面倒くさい。そのまま放っておくことにした。

電車はすいており、大悟は、座席に腰を下ろした。電車に揺られているうちに、うとうととした。

夢と現実が交差する。夢の中で、何度か電車を乗り換えていた。

目を覚ますと、見知らぬ駅のホームにいた。いつ電車を降りたかも覚えていない。こんな経験は初めてだった。ひどく酔って電車を乗り過ごしたときのようだ。

これは、夢の続きなのだろうか……。

そんなことを思いながら、改札を出た。駅の外の景色に見覚えはなかった。だが、歩きだしたとたん、大悟は、はっとした。

一軒のカフェ・レストランに見覚えがあった。日の当たるオープン・カフェ。

昨夜、夢で見た店だ。

こんな偶然はあるだろうか。

だが、そのとき、大悟は不思議なことに、来るべくしてここに来たという確信があった。

店に入り、夢の中と同じ席に腰を下ろした。

コーヒーを頼み、周囲を見回していた。夢の中で感じていたのと同様の幸福感が、ひたひたと胸の中に押し寄せてきた。

ゆっくりとコーヒーを飲み、そこでのんびりとした時間を過ごしていた。勤務時間中だ。つまり、仕事をさぼっているのだが、大悟にはまったく罪悪感はなかった。

その場にいることが、仕事よりもずっと大切に思えた。そのオープン・カフェにいると、なぜかなつかしく感じられた。初めて来た店なので、なつかしいというのはおかしい。

夢で見たせいだろうか。あるいは、同じような雰囲気の店を知っていたのかもしれない。その席に座っているだけで満たされた気分になった。

また、来よう。

大悟はそう思った。

3

実際に、大悟は、それから毎日のようにその店を訪れるようになった。何をするわけでもない。ただ、同じ席に座り、コーヒーを飲むだけだ。

その席が空いていなくても、空くまで待って、必ずその席に移動した。

初めてそのカフェ・レストランを訪れてから一週間ほど経った日のことだ。

また、職場を抜け出そうとしていると、数馬が大悟に言った。

「鹿毛が言っていたとおりだ。あんたは、ちょっとおかしい」

「何がですか……？」

「このところ、毎日県警本部に出かけているというが、本部の刑事総務課に尋ねたら、あんたは来ていないという」

「余計なお世話です。厳密に言うと、僕はR特捜に配属されたわけじゃないんです。今でも、所属は刑事総務課の刑事企画第一係なんです。だから、いちいちそんなことを言われる筋合いじゃないんです」

数馬は、鋭い眼差しでしばらく大悟を見据えていた。その視線が鬱陶しい。

やがて、数馬は言った。

「そうだな。あんたの話は筋が通っている。これ以上は何も言わん」

そうだ。それでいいんだよ。

大悟は、心の中でそう言ってから、また例のカフェ・レストランに出かけた。たちまち、幸福感に満たされた。

そうして、いつものように楽しい時間を過ごそうとしていたのだが、その日はとんでもない邪魔者たちが現れた。

R特捜班の連中がやってきたのだ。

数馬、鹿毛、里美、そして番匠までいた。

彼らは無言で近づいてきて、テーブルの脇に並んで立った。

大悟は、彼らに言った。

「どうしてここに……?」

数馬が言った。

「それは、こっちが訊きたい」

「僕を尾行しましたね?」

鹿毛がこたえる。

「これでも刑事だからね。尾行は得意なんだよ。それより、なんでこんなところでお茶してるんだ?」

「僕がどこで何をしようと自由でしょう」

「あのね……」

番匠が言う。「いちおう、勤務時間中なんだけど……」

「署でぼうっとしていても、ここで時間を潰していても同じことでしょう」

「公務員の仕事って、そういうものじゃないと思うんだけどね……」

番匠が何となく悲しそうな顔をする。それが妙に癇《かん》に障《さわ》る。

「どうして、僕を尾行したんですか? 僕は何かの容疑者ですか?」

「つーかさ……」

鹿毛が言う。「ここ、どこだか知ってて来てるんだろうね」

「ここ……? どういうことです?」

「この駅を覚えてないの?」

「駅……。言いたいことがあるんなら、はっきり言ってください」

「あのね、この駅、あのT字路の現場の最寄りの駅なんだよ」

「へえ……」

大悟は、それほど驚かなかった。何もかもが必然のような、奇妙な感覚があった。「だから、何だって言うんです？」

「さっきの、あんたの問いにこたえよう」

数馬が言った。「俺たちが、あんたを尾行したのは、これが俺たちの仕事だからだ」

「仕事……？」

「そうだ。R特捜の事案だと判断したんだ」

この人は何を言っているのだろう。

大悟にはまったく理解できなかった。幸せな時間を邪魔されたことが腹立たしい。

「それと僕と何の関係があるんですか？」

「あんたは、ある人物の影響を強く受けている」

「ある人物の影響……？」

「そう。もっとあからさまに言えば、霊の影響だ」

「まさか……。だって、三人が僕を霊視して何も見えなかったんでしょう？」

「時折、そういうことがあるのよね」

里美が言った。「憑依《ひょうい》する宿主の心理状態が普通じゃないような場合、霊はそれとシンクロして自分の存在を隠してしまう……」

「いったい、何を言っているんですか?」

「つまり、恋よ」

「恋……?」

「あなた、T字路のところで、若い女性を見たと言ったわね? 間違いなく、あなたはその人に憑かれている」

大悟は笑い飛ばそうとした。

「何をばかなことを……」

「間違いない。あなたは、亜佐美ちゃんに恋心を抱いていた。その霊は、あなたの恋愛感情を利用して、自分の存在を隠したの。その霊が最も強く求めていたものが恋愛だったから……」

「なぜそんなことがわかるんです?」

「仕事だって言っただろう」

鹿毛が言う。「あのT字路のあたりで何か事件がなかったか、徹底的に調べたんだよ。記録も当たったし、聞き込みもやった。その結果、ある人物が浮かび上がってきた」

「でも……」

大悟はほくそえんだ。「あなたたちには、見えないんでしょう? 見えないものを祓えるんですか？」

「隠れていても、見つけ出す方法があるの」

里美が言った。

大悟は、急に不安になってきた。ひどく恐ろしい。

「怯えているな」

数馬が言った。「その気持ちは、岩切自身の気持ちではない。憑依している霊の気持ちなんだ」

「そんなことはありません」

大悟は反論した。「みんなが変なことを言うから、恐ろしくなっただけです」

「あんたは、このところすっかり人格が変わった」

鹿毛が言った。「その自覚がないのか？　それは、あんたに憑いている霊のせいなんだ」

「僕は、何も変わってはいません。だいたい、見えない霊をどうやって見つけ出すって言うんです？」

里美がこたえた。

「意外と簡単な方法なのよ」

「どんな方法ですか？」

「名前を呼べばいいの。本名を知られると、簡単に呪《しゅ》をかけられたりする。だから、昔の人は本名を知られないように、さまざまな呼び名をつけたのね」

「名前……？」

大悟は、ますます不安になった。

「さ、始めようか」

鹿毛が言った。

「始めるって何を……？」

「もちろん、除霊だ。心配するな。店の人には話を通してある」

「除霊……。そんなばかな、僕は、憑依なんてされていません……」

里美が言った。

「峰岸篤子《みねぎしあつこ》さん」

そのとたん、大悟の体が動かなくなった。

え、何だ、これは……。

意識が飛びそうになる。貧血を起こしたときのように、風景が遠のいていく。

まるで、はるか離れた場所から聞こえてくるように、里美の声が、もう一度響いた。

「篤子さん。そこはあなたのいる場所じゃない。こちらへいらっしゃい」

大悟は、思わず立ち上がりそうになっていた。その両肩を誰かにしっかりと摑《つか》まれていた。

鹿毛だった。思ったよりずっと強い力で、大悟はまたしても動けなくなった。物理的な力ではない。超自然的な力によって拘束された感じだ。

「かわいそうに」

里美の声がまた聞こえてきた。「あなたは、まるで人魚姫のように悲しい恋を続けてきたのね……」

突然、激しい悲しみが大悟を襲った。何が悲しいのかはわからない。だが、自然と涙が流れた。

次の瞬間、ぐいっと何かに引っ張られるような感覚があり、意識が一瞬遠のいた。

大悟は目をつむっていた。

どれくらいの時間が経ったかわからない。時間の感覚も、今自分がどこにいるのかも曖昧になっていた。

次に目を開けたとき、大悟は、夢から覚めたような気分だった。

激しい悲しみも消えていた。

R特捜班のメンバーへの反感もきれいさっぱりなくなっていた。

オープン・カフェの席に腰かけているのだが、何をしにそんなところにやってきたのか思い出せない。

大悟は、周囲を見回してから、鹿毛に尋ねた。

「えーと、僕はここで何をしてたんでしょう……」

「油を売ってたんだろう。まったく、勤務中にたいしたもんだよな」

大悟は慌てた。

「仕事をさぼっていたというのですか？　まさか、そんな……」

たしかに、ここまでやってきた記憶はある。だが、何を考えて、あるいはどんな思いで、職場を抜け出してここに来たのかが思い出せない。

激しい感情の起伏がなくなっている。

「祓ってくれたのですね？」

大悟は鹿毛に言った。

「ああ。今、里美に憑依している」

里美は霊媒《れいばい》体質だ。悪霊や地縛霊など悪さをする霊や、迷っている霊などを自分に憑依させて成仏《じょうぶつ》させるのだという。

それが、実際にどういうことなのかよくわからない。だが、里美が憑依した霊に操られるところを見たことがない。

それが里美の霊能者としての強さなのだ。

里美が大悟に言った。

「とにかく、無事に祓えてよかった。あのまま気づかなかったら、あなた、取り殺されていたかもしれない」

ぞっとした。

心霊現象や怪談の類が何より嫌いな大悟が、実際に霊に憑依されたのだ。二度と、こんな経験はしたくない。

鹿毛が言った。

「おまえ、霊に憑かれている間、亜佐美ちゃんに冷たかったぞ」

大悟は、あっと思った。

そういえば、けんもほろろの態度を取り、メールにも返信していない。

「仕方ないわよね」

里美が言う。「峰岸篤子の霊は、あなたを独占しようとしていた。だから、あらゆる女性に冷たくさせたのよ。女性に関心がなくなったでしょう?」

「……というか、なんだか鬱陶しかったです」

「関係修復は難しいかもしれないぞ」

鹿毛が言った。「里美も言ってたけど、彼女は競争率が高い」

大悟は、気分が落ち込んできた。

僕は何ということをしてしまったのだろう。追い討ちをかけるような鹿毛の声が聞こえてきた。

「まあ、ダメもとで頑張るんだな」


署に戻って、大悟は、峰岸篤子についての詳しい説明を受けた。

彼女は、ある男性と恋に落ち、幸せな日々を送っていた。やがて、彼らは婚約をする。式場との打ち合わせを済ませて、婚約者の運転する車で帰宅する途中、交通事故にあった。車線を越えて暴走したトラックと正面衝突したのだ。トラックの居眠り運転だった。運転手は、無理なスケジュールの連続で、疲れ果てていたのだ。

その事故現場が、あのT字路のあたりだった。

峰岸篤子は即死だった。運転していた婚約者は重傷だったが、奇跡的に持ち直した。現在、その男性は別の女性と結婚して二人の子供がいるのだという。

「彼女は、自分が死んだということがどうしても認められなかったのね」

里美が言った。「だから、あそこで地縛霊になってしまったの」

大悟は尋ねた。

「どうして僕は彼女に憑かれてしまったのでしょう……」

「いろいろ理由は考えられるわね。まず、あなたが、若い男性だったこと。おそらく、死亡したときの婚約者と同じくらいの年齢だったのだと思う」

「なるほど……」

「彼女の好みだったのかもしれないし……」

「そんなんで、取り憑かれるのは嫌だなあ……」

「あなたが、恋をしていたせいもあるわね。彼女はずっと恋を求めていたの。だから、彼女の思念とあなたの思念がシンクロしたのね」

「恋ですか……」

「霊というのは、生きていたときの感情の一つが強調されるの。それが怨みや怒りの場合が多いんだけど、恋愛の場合も少なくないわ」

「はあ……」

「あなた、彼女を見かけたとき、何か思わなかった?」

大悟は、あのときのことを思い出してみた。

「そういえば、きれいな人だなって思いました」

「彼女、それがうれしかったのね。それであなたに付いて来てしまったというわけね」

霊に憑依されるなんて、考えるだけで恐ろしかった。だが、大悟はなんだか峰岸篤子が哀れに思えた。

その気持ちを見透かしたように、里美が言った。

「供養するのはいいけど、同情しちゃだめよ。彼女がまた迷ってしまう」

「はい……」

「峰岸篤子は、今、里美の中で癒《いや》されて、帰るべきところに帰る準備をしている」

数馬が言った。「それを邪魔しちゃいけない」

大悟は尋ねた。

「里美さんは、霊に決して同情はしないんですか?」

「同情はしない。慰めてあげるだけ」

「そういえば、里美さん、僕を祓うときに、言ってましたよね。かわいそうに、あなたは、人魚姫のように悲しい恋を続けてきたのねって……」

里美はうなずいた。

「たしかに言ったわね」

「あれって、アンデルセンの人魚姫のことですか?」

「そう。命を助けた王子に恋をした人魚。でも、結ばれることはなかった……。峰岸篤子は、あの場所で、何度も何度も実らぬ恋をしたの」

「僕は、里美さんが、人魚姫と言ったとき、ものすごく悲しくなりました。あれ、峰岸篤子の気持ちだったんですね」

「そう。だから、もう、そんなことをしなくて済むように成仏させてあげなきゃ」

人魚姫は、たしか、人魚の王の六人娘の末っ子だ。十五歳の夜に、船上の美しい王子を目にする。

王子の船が嵐で難破し、人魚姫は、王子を助ける。そして恋に落ちるのだ。人魚姫は、魔法使いのもとを訪れ、声と引き替えに脚をもらう。王子に近づきたい一心だった。

声を失っただけではない。歩くたびにナイフでえぐられるように脚が痛むのだ。人魚姫はそれに耐える。

だが、声を出せないので、自分が王子を助けたことを伝えられない。王子は、浜を通りかかった娘が命の恩人だと勘違いし、その娘と結ばれてしまう。

姫の姉たちは自分たちの髪と引き替えに魔法使いからナイフを手に入れる。そのナイフで王子を刺せば、人魚に戻れると告げられる人魚姫。

だが、愛する王子をナイフで刺すことなどできず、人魚姫は死を選ぶ。海に身を捨てて泡となって消えていくのだ。

「人魚姫の物語は……」

数馬が言った。「失恋を繰り返し、生涯独身だったアンデルセンの思いが込められていると言われているな」

「へえ……」

鹿毛が言った。「柄《がら》にもないことを知ってるんだね」

「おまえと違って、教養があるもんでな……」

人魚姫のように決して報われない恋を、何度も繰り返していた峰岸篤子。もし、R特捜班が成仏させなければ、それを永遠に続けていたのかもしれない。


大悟は、R特捜班の部屋を出ると、携帯電話を取り出し、急いでメールを打ち始めた。

亜佐美に返信をするつもりだった。

関係修復は難しいかもしれないと、鹿毛が言っていた。そうかもしれない。だが、何もせずにはいられなかった。

返信が遅れたことを詫び、失礼な態度を取ったことを詫び、何でも相談してくれと書いた。

送信ボタンを押す前に、文面を何度も読み返した。

どこか、おかしなところはないか。

押しつけがましくはないか。

文章は問題なさそうだった。だが、なかなか送信のボタンを押せない。踏ん切りがつかないのだ。

ええい、ここで迷っていてもしょうがない。

思い切って送信した。矢が放たれたという思いだった。

部屋に戻っても、返信が待ち遠しく、落ち着かなかった。

結局、その日は終業時刻まで返信がなかった。大悟は、がっくりと気落ちして自宅に戻った。

自宅にいても携帯電話が気になって仕方がない。

女性の霊に憑依されていたとはいえ、亜佐美に冷淡な態度を取ったことが悔やまれた。

結局その日、返信はなかった。

明日、署で会ったらどんな顔をしよう。そう思うと眠れなくなった。彼女は、競争率が高いと里美や鹿毛が言っていた。だんだん心配になってきた。

もう、僕は相手にしてもらえないのではないだろうか。

結局、よく眠れないまま夜が明け、大悟は出勤した。

「何だ、当番明けみたいな顔してるな」

鹿毛が、大悟を見て言った。

あんたが、あんなこと言うからじゃないか。大悟は心の中でそう言ってやった。

寝不足で最悪の気分だった。

メールの返信がないというだけで、こんなにうろたえてしまうなんて……。大悟は、冷静になろうとしていた。だが、無理だった。

これじゃ、霊に取り憑かれたのと大差ないじゃないか。

そんなことさえ思った。

午前中、大悟はどんよりと暗い気分で過ごした。幸か不幸か、亜佐美の姿を見かけなかった。

午後になって、携帯電話が振動した。メールが来たのだ。

大悟は、着信の確認をした。亜佐美からだった。すぐにその場でメールを開いた。

「昨日はすぐに返信できずにすみません。当番でした。また、いろいろと相談させていただきます。失礼します」

周囲の景色がいっぺんに明るくなった。心が軽くなる。

「お、何だよ」

鹿毛が言った。「誰からのメールだ?」

大悟が何も言わずにいると、里美が鹿毛に言った。

「あんた、知ってて言ってるでしょう」

大悟は、鹿毛の態度にも腹が立たなくなっていた。今は、誰に何を言われても平気だ。少なくとも、亜佐美は怒ってはいない様子だ。まだまだ親しくなるには時間がかかるかもしれない。だが、少なくとも、スタートラインには立てたのだ。

そんな気がしていた。

「女警には気をつけろ」

数馬が言った。「付き合うと苦労するぞ」

梶と付き合った経験から、そう言っているのだろう。

そんな苦労ならしてみたい。大悟はそんなことを思っていた。

解説

関口苑生（文芸評論家）

職人と聞いて、人はまずどんなイメージを思い浮かべるだろうか。

もちろん職種によって答えは違って当然だが、職人＝プロ中のプロたる人間ということは、誰もが一致して認めるところだろう。おそらく意見が分かれるのは、そこに付随する二義的印象からで、プロだけれども（あるいはプロであるがゆえに）頑固、繊細、気難しい……といった気質的な問題がひとつ。それと仕事の幅というか、その範囲や種類によっても職人のイメージは随分違う。たとえば野球で打撃、守備、走塁、バントなどの専門家はみな一様に職人と称されるが、同じ職人でも発揮する能力によってそれぞれに抱かせるイメージは大きく異なっている。

同じように「職人作家」といった場合にもいくつかのタイプがある。どんなに無体な注文に対しても、手堅く、巧く、器用に、しかも素早く仕上げる万能な作家も職人と言えば職人だろうし、これとはまったく逆に時流や風潮などに左右されることなく、ひとつのテーマを追求し続ける作家も職人と言われているような気がする。要望に応えてあまねく広く仕事をこなすことも、狭い範囲でより深くを目指すこともまた職人のなせる技なのである。

いきなりこんな話を始めたのは、本書の作者・今野敏がこの「職人」という言葉に強いこだわりを持っているからだ。そのことは、これまで彼が書いてきたエッセイや対談、インタビューなどの記事からも容易に窺える。近いところでは、二〇一〇年八月八日付の朝日新聞読書欄での著者インタビューで、

「小説家は職人」

ときっぱりした物言いで、持論を述べていたものだった。

小説家はいろんなものを学び、持てる技術のすべてを駆使して、自分の中にある何かを表現する。そこでようやく、読者に自分の思いを伝える第一歩が始まるのだ。そうした思いの背後には、若い読者の小説離れに対する危機感もある。

現代のエンターテインメントは小説だけではない。映画やテレビドラマは言うまでもなく、漫画もあれば各種ゲームもある。そんな中で、

「(人間の)内面を描くというのが小説の一番の強み。それをやらないと、ほかには勝て

ません」
と今野は主張する。だがそういう彼自身にしても、作品を百冊以上書いたあたりから、本当の意味で小説の書き方がわかってきたような気がする、とこれはまた別なインタビューで述べている。ちょうどその頃から肩の力を抜くことを覚え、自然体で小説の執筆ができるようになったというのである。年度で言えば、デビューしてから二十年が過ぎた二〇〇〇年頃のことで、それを理解するに至るまでは、ひたすら書き続けるしかなかったのだった。書いて、書いて、覚えていく。空手家でもある今野敏は、その感覚を空手の練習に似たところがあると言う。

空手の練習は、へとへとに疲れてもう腕が上がらないと思っても、そこから頑張ってさらにあと十本、あと何本、ともうひと踏ん張りして「突き」などの練習をする。すると不思議なことにいつしか余分な力が抜けて、綺麗な型になり、集中力も高まって本当に効く一本となる。小説も同じで、書き続けていくことで身につくものがあるのだと。これがいわゆる身体に教え込むというやつで、技術の習得はもとより、精神の基本であり、すべての職人技に繋がる道でもあるのだろう。

確かに渾身の力を込めたと称する作品が、必ずしもいい出来であるとは限らない。力みばかりが目立ち、意欲が空回りして、文中からは何も伝わってこない作品も結構多いのだ。

武道の達人は相手に対し常に自然体の姿勢で立つというが、小説の職人も同様で、これは力が入っているなと簡単に見透かされるようではまだまだなのかもしれない。

そうした意味合いから申せば、本書『心霊特捜』は、職人芸を見せるにはまさに最高の舞台、絶好のテーマと言えよう。と言うのはここに収められた六篇は、いささか時代がかった言い方をすれば怪奇小説の部類に入るものだ。あえて現代風にホラーと言わないのにはもちろんわけがある。そこが実は肝《きも》になるのだが、その前にざっと本書の概要を紹介しておくと――

神奈川県警本部の組織だが、鎌倉署の一室に常駐している《R特捜班》が本書の主人公である。Rとは「霊」の略で、主に心霊現象が絡む事件を担当する特捜班だ。メンバーは四名。まず係長に四十歳の番匠京介警部。主任の数馬史郎巡査部長は三十五歳。鹿毛睦丸巡査、三十二歳。比謝里美巡査、二十八歳。これに彼らと本部との間の連絡役を担当する岩切大悟巡査が、なぜか成り行きで毎回捜査に加わることになり、いつの間にかチームの一員のような形になっていく。

扱う事件が特殊なものだけに、メンバーもまた一癖も二癖もある人物ぞろいだ。中でも数馬、鹿毛、比謝の三人は本当に霊感があるらしく、普通の人には見えないものが見えるのだった。数馬は古神道の伝承家系出身者で、現在の神社神道では失伝してしまった秘法を身につけているらしい。鹿毛の実家は密教系の寺で、本人も密教の修行を積んでいた。里美は沖縄の神事に関わるノロの家系で、もちろん自身も霊能力を有している。そんな彼らが、本物の霊と対峙し、不可解な事件の謎を解いていくのである。なんとまあ奇想天外な設定であることか。しかしこれが、いずれも見事な一篇に仕上がっているのだった。

怪奇事件を専門に扱う探偵というと、古くは《幽霊狩人》シリーズの名で知られるW・H・ホジスンの『幽霊狩人カーナッキの事件簿』がある。日本では、都筑道夫の《物部太郎》シリーズが筆頭だろうか。探偵ではないけれど、赤川次郎の霊感バスガイド《怪異名所巡り》シリーズも忘れがたい。だが、本書がそれらの作品と一線を画するのは、こちらは警察小説となっていることだ。と同時に怪奇小説でもあるのだった。

怪奇小説というジャンルは、かなり古くからあったものだが、一九二〇年代に入ると、すでに死にかけているジャンルだなどと言われるようにもなっていた。都筑道夫によると怪奇小説はそもそもロマンティシズムと結びついて栄えたジャンルで、人間が死後、霊の形でこの世に現れることを人間の情念の流れとして受け取り――つまり、幽霊がどうして出るか、出てどういうことをするかを描いていくものであった。それゆえ文学の本流がロマンティシズムからリアリズムに移っていくと、必然、怪奇小説も次第に廃《すた》れ始めていったのだという。それが復活したのは、リアリズムによって怪奇小説を書く方向に転換したからであった。リアリズムとは、要するに幽霊を受け取る側の人間心理を描くことにつきる。特に近年では、不幸な死に方をした何者かが（人間だけではなく、動物や最近では機械の場合もある）、生者に対して悪意や敵意を持ち、危害を加えるべく襲ってくるといった傾向の作品が、リアルにディテールたっぷりに描かれて、襲われる人間の恐怖をより倍加させているようだ。こうしたものが、いわゆるホラーと呼ばれているのだった。

あくまで個人的見解ながら、わたしが本書をあえてホラーと呼びたくない理由は、ここにはリアルな怖さもたっぷりと込められてはいるが、それ以上に登場してくる「霊」たちの存在が、〝彼ら〟の行動が、ロマンティックなものに思えて仕方ないからなのである。「死霊のエレベーター」にしても、あるいは「目撃者に花束を」や「ヒロイン」にしても、幽霊たる〝彼ら〟の思いやりがなんともいじらしく思えてくるのだ。怖さを感じさせながら、ロマンの匂いも漂わせる至芸がここにあるのだった。

それともうひとつ。つくづく巧いなあと思わされたのは、大悟を除くとほかの登場人物たちには心理描写らしい心理描写がさほどなされていないのである。その代わり、行動を通して伝えようとする。何と言うのか、なかなか説明しにくい心理を描写するために、行動を通して心理を描く――言ってみれば犯罪を通して社会の状況と現代人を描く、ハードボイルドの手法がここではとられているのだ。その典型例が「狐憑き」と「魔法陣」である。

先に「小説の一番の強みは、人間の内面を描くこと」という作者の言葉を紹介したが、描き方によってはその部分だけが浮き上がってしまい、説得力に欠けてくる場合もある。映像ではベテラン俳優の背中の演技であるとか、効果音、音楽などで心理の具合を表現できることもあろうが、文章ではきわめて困難な作業となる。それを今野敏は、登場人物たちのちょっとした仕種、行動で表しているのだった。逆に「人魚姫」では、今度は一転して大悟の心理を思い切りさらけ出すことで、憑依した人物が感じている哀しみの原点までもが描かれるのだ。これぞ職人芸の極みであろう。しかしながら、力みはどこにも、片鱗すらも感じさせない。

まさに本書は、今野敏の職人技が炸裂した傑作であると思う。

二〇一一年九月

・本書は二〇一一年一〇月に小社より刊行された同名文庫の新装版です。

双葉文庫

こ-10-12

心霊特捜《しんれいとくそう》〈新装版〉

2024年12月14日　第1刷発行

【著者】
今野敏《こんのびん》

【発行者】
箕浦克史
【発行所】
株式会社双葉社
〒162-8540 東京都新宿区東五軒町3番28号
［電話］03-5261-4818(営業部)　03-5261-4831(編集部)
www.futabasha.co.jp（双葉社の書籍・コミックが買えます）
【印刷所】
大日本印刷株式会社
【製本所】
大日本印刷株式会社
【カバー印刷】
株式会社久栄社
【DTP】
株式会社ビーワークス

【フォーマット・デザイン】
日下潤一

ISBN978-4-575-52815-2 C0193
Printed in Japan

双葉文庫　好評既刊

海に消えた神々〈新装版〉

今野敏

高名な大学教授の死の背後には沖縄・海底遺跡の発掘にまつわる疑惑が!?　古代遺跡をめぐる人々の相剋を描いた傑作ミステリー。探偵・石神達彦シリーズ第2弾!